Eine Woche und sieben Tage
Trilogie – Teil 2:

Der Weg zum Sternenhaus

AF285644

Herstellung und Verlag: BoD - Books on Demand,
Norderstedt
C 2009/2016 by Klaus-Jürgen Mausi Sparfeld & M.S.
Dueschamm

ISBN 9783844806601

Titelfoto: Klaus-Jürgen Mausi Sparfeld
Fotos Rückseite: Marion & Klaus-Jürgen Mausi Sparfeld

Klaus-Jürgen Sparfeld

Eine Woche und sieben Tage

Trilogie - Teil 2:

Der Weg zum Sternenhaus

***

Abenteuerroman

Samstag, 11. April

„Kikerikiii! Kikerikiii!"

„Was? Wer? Wo?" Andreas saß mit aufrechtem Oberkörper im Bett und schaute aus verschlafenen Augen im Zimmer umher.

„Hähne, Andreas, es sind die Hähne."

„Hähne! Grauenvoll. Wir sollten wirklich das Hotel wechseln."

„Wenn du meinst. Mich stören die Viecher nicht, ich konnte sowieso kaum schlafen. In meinem Kopf dreht sich alles. Was soll ich machen, Andreas?"

„Machen?" Andreas sah ihn fragend an.

„Soll ich Nicole davon erzählen?"

„Wovon?" Andreas war noch nicht ganz in die Welt der Lebenden zurückgekehrt.

„Wach du erstmal in Ruhe auf", Thomas stand auf, „du findest mich dann unten!"

„Ja, bis dann, irgendwann." Andreas ließ sich wieder in die Kissen fallen.

Einige Hahnenschreie später saß Thomas im Speiseraum und hatte bereits seine erste Tasse Kaffee hinter sich, als er eine inzwischen nur allzu vertraute Stimme hörte:

„Morgen! Na, ausgeschlafen?" Nicole hatte sich ihm von hinten genähert und ihre Hände auf seine Schultern gelegt. „Was ist?" fragte sie, nachdem er seinen Rücken derart bewegt hatte, als wenn er ihre Hände abschütteln wollte.

„Was soll sein?" sagte er etwas gereizt.

„Du bist so, anders."

„Ich bin nicht anders. Ich habe nur schlecht

geschlafen. Das ist alles."

„Du machst dir zu viele Gedanken. Wenn Susanne und Andreas da sind, sprechen wir die ganze Sache durch und dann machen wir einen Plan für heute. Du wirst sehen, dann geht es dir bestimmt gleich besser." Nicole setzte sich neben ihn. Thomas nickte nur und versuchte, ihrem Blick möglichst auszuweichen. Nicole war sofort mit Kaffee und Brötchen beschäftigt und zum Glück tauchte auch Susanne ein paar Minuten später auf, so daß die beiden miteinander plauderten und er sich im Hintergrund halten konnte. Das änderte sich mit dem Eintreffen von Andreas.

„Endlich, wir sind komplett. Na dann, fangen wir an!" Nicole schien auf einmal vor Energie zu sprühen, „was machen wir zuerst?"

„Vielleicht sollten wir mal einen Tag einfach entspannen? Das würde uns allen guttun, glaube ich."

„Was ist denn auf einmal in dich gefahren, Thomas?" Susanne verstand die Welt nicht mehr, „du warst doch derjenige, dem es nie schnell genug weitergehen konnte!"

„Ich habe eben alles noch einmal in Ruhe überdacht."

„So kann man das auch nennen!" entfuhr es Andreas. Er legte dabei seinen Kopf seitlich auf die gefalteten Hände, schloß die Augen und atmete tief ein und aus.

„Was kann man so nennen?" wollte Nicole wissen.

„Ach, nichts. Andreas und ich könnten zu Don Alfredo gehen und nach dem Verletzten sehen", versuchte Thomas abzulenken, „und Susanne und du", er schaute Nicole an und da war es wieder, dieses Gefühl, das er sich nicht erklären konnte und vor dem er Angst hatte, „ihr könntet nach einem neuen Hotel Ausschau halten."

„Na also, geht doch", sagte Nicole, „so gefällst du mir schon besser." Sie lächelte Thomas an, „aber ich finde, wir sollten alle zu Don Alfredo gehen und nach dem

Mann schauen, schließlich sehen acht Augen mehr als vier!"

„Un a On hön ach me!" schaltete sich Susanne ein.

„Hörst du eigentlich nie auf zu kauen?" sagte Andreas.

Susanne errötete, wie sie immer errötete und legte den Rest des Brötchens vor sich auf den Teller.

„Entschuldigt. Ich meinte: Und acht Ohren hören auch mehr!"

„Gut, wenn ihr wollt. Gehen wir alle. Danach können wir uns dann immer noch aufteilen."

„Das ist ein vernünftiger Vorschlag, wer ist dafür?" Andreas schaute in die Runde: „Gut, keine Gegenstimme. Beschlossen und verkündet."

Eine knappe Stunde später standen die vier vor eben jener weißen Mauer mit dem kleinen Tor hinter dem sich das Haus von Don Alfredo befand.

„Wo ist eigentlich Pablito?" wollte Nicole wissen.

„Ja, stimmt, wo ist er?" sagte Susanne, der nun auch seine Abwesenheit aufgefallen war.

„Ach, das habe ich ganz vergessen", Thomas schlug sich mit der Hand vor die Stirn, „der hat heute keine Zeit. Wir treffen ihn morgen Vormittag. Hier, den Zettel hat mir Anna gegeben."

„Na, dann bin ich beruhigt, ich hatte mir schon Sorgen um ihn gemacht", sagte Nicole.

Susanne betrachtete Carlos: „Er sieht so friedlich aus, als wenn er schläft."

„Das liegt daran, daß er schläft, Susanne", sagte Nicole, „setz deine Brille wieder auf."

„Die habe ich doch auf!"

„Dann schau auch durch!"

Susanne zog einen Schmollmund in Nicoles

Richtung.

„Ob er uns hören kann?" Andreas sah die anderen fragend an.

„Wenn er wach ist, bestimmt", meinte Thomas, „die Frage ist nur, kann er uns schon etwas mitteilen?"

„Das glaube ich weniger", sagte Nicole, „das wird noch ein paar Tage dauern."

„Was sagt denn der Arzt?" wollte Susanne wissen.

„Da müssen wir Don Alfredo fragen", sagte Thomas.

„Dann sollten wir das tun", drängte Andreas. „Gut, gehen wir gleich zu ihm."

„Herein!"

„Disculpa, Señor, Don Ameche, Alfredo!" Nicole steckte ihren Kopf durch die Tür zur Bibliothek: „Anna hat uns gesagt, daß wir sie hier finden."

„Kommt herein!" Nacheinander betraten die vier den Raum. „Setzt euch!"

Don Alfredo zeigte auf das große braune Sofa. Gehorsam folgten alle seiner Aufforderung. Susanne saß links, daneben Nicole, neben ihr Thomas und neben ihm Andreas. Nicole tauschte Nettigkeiten mit Don Alfredo aus, der ihr dabei einen kleinen Zettel reichte.

Thomas wurde warm. So dicht war er Nicole noch nie gekommen. Er spürte ihren Körper an seinen gepreßt. Er merkte, wie sich ihr Brustkorb hob und senkte. Thomas schluckte: er merkte es nicht nur, er sah es auch! Da er etwa einen halben Kopf größer war als Nicole konnte er von seiner Position aus direkt von oben in ihre Bluse schauen, deren obere Knöpfe geöffnet waren. Erste Schweißperlen bildeten sich auf seiner Stirn.

„Oder?" Andreas stieß Thomas an. „Oder?"

„Du bist doch auch der Meinung?"

„Welcher Meinung?"

„Aufwachen! Es ist helllichter Tag!" Andreas schüttelte Thomas Oberkörper leicht.

„Ich war mit meinen Gedanken gerade bei der Lösung eines wichtigen Problems."

„Dann verschieb´ die Lösung noch ein bißchen und sag uns doch mal deine Meinung zu dem hier", sagte Nicole und reichte ihm den Zettel, den Don Alfredo ihr gegeben hatte.

„Was ist das?"

„Das hat Don Alfredo bei dem Verletzten gefunden."

„Casa de las Estrellas", las Thomas, `Das Sternenhaus´, oder?"

„Ja. Sagt dir das nichts?" Nicole hüpfte auf der Couch vor lauter Aufregung. Alles bei Nicole hüpfte, stellte Thomas fest.

„Sollte es mir denn was sagen?" sagte er und versuchte, sich auf das zu konzentrieren, was auf dem Zettel stand und nicht auf das, was sich neben ihm auf der Couch befand.

„Sternenhaus", sagte Andreas. **„Sternenhaus!"** wiederholte er, als Thomas keinerlei Reaktion zeigte. „Also, mit dir ist aber heute überhaupt nichts los." Andreas gab auf: „Susanne, sag du es unserem Professor."

„Das ist das Haus auf dem Hügel, wo die Wasserfälle sind und wo man nachts nicht nur die Lichter der Stadt, sondern auch Millionen von Sternen sehen kann", fügte sie hinzu und warf Thomas einen schmachtenden Blick zu.

„Klar, natürlich, das Haus. Besprechen wir das später, ja? Wir wollten doch eigentlich wissen, was der Arzt gesagt hat, oder?"

Nicole stellte Don Alfredo diese Frage und er

beantwortete sie auch.

„Der Arzt meinte, daß es ihm von Tag zu Tag besser geht. Die Wunde heilt hervorragend. In zwei bis drei Tagen werden wir mit ihm reden können."

„Na, das ist doch mal eine gute Nachricht!" rief Andreas voller Begeisterung aus. „Vielen Dank, Don Alfredo!"

Nicole übersetzte. Don Alfredo nickte Andreas kurz zu. Anschließend unterhielten sich Nicole und er eine ganze Weile. Dann lächelte Don Alfredo und Nicole sagte zu ihren Freunden:

„Er hat gefragt, was wir so den ganzen Tag über machen, wo wir wohnen und dann, ihr werdet es nicht glauben, hat er uns für heute Abend zum Essen eingeladen…"

„Das ist ja toll!" Susanne klatschte vor Begeisterung in die Hände.

„Klar", sagte Andreas, „Essen ist immer toll für dich, das haben wir inzwischen auch kapiert!"

Susanne schaute zu Andreas und zog eine Grimasse.

„Wartet", unterbrach Nicole die beiden, „es kommt noch besser: er erwartet uns mit unserem Gepäck!"

„Mit was für Gebäck denn?"

„Gepäck, Susanne, Gepäck!" sagte Nicole, den Kopf schüttelnd.

„Mit dem Gepäck?" Andreas schaute Nicole fragend an.

„Ja, er lädt uns ein, in seinem Haus zu wohnen. Es ist groß und fast leer, sagt er. Ein bißchen Leben würde ihn erfreuen."

„Dann tun wir ihm doch einfach den Gefallen", sagte Andreas, „wir wollten doch sowieso umziehen!"

„Genau, wir sollten die Gelegenheit beim Schopf packen, das finde ich auch", pflichtete Thomas seinem Freund bei, „zum einen wird uns dieser Pablo dann hoffentlich nicht mehr finden und zum anderen schont das unsere Reisekasse auch ein bißchen. Das Colonial ist nicht gerade billig und eigentlich wollten wir da nur höchstens zwei Nächte bleiben."

„Das geht uns genauso", stimmte Susanne zu, „wir leben auch über unser Budget im Moment."

„Dann sag Don Alfredo, daß wir uns sehr geehrt fühlen und sein Angebot gerne annehmen."

Nicole tat, was Thomas ihr gesagt hatte. Don Alfredo lächelte zufrieden und die vier verabschiedeten sich und verließen das Haus in Richtung Sternenhaus.

„Es ist doch merkwürdig", sagte Andreas, „immer wieder dieses Sternenhaus."

„Was könnte unser Verletzter dort wohl gewollt haben?" überlegte Nicole.

„Keine Ahnung", sagte Thomas, „aber wir sollten uns das Ding mal näher ansehen."

„Gute Idee", pflichtete Andreas bei, „dann wissen wir vielleicht mehr."

„Schade, daß Pablito nicht da ist", Nicole schaute etwas betrübt, „der wäre bestimmt gerne mit gekommen, nachdem was er mir erzählt hat."

„Was wußte er denn über das Sternenhaus?"

„Nicht viel, nur das, was alle wissen."

„Wir fragen heute Abend einfach den Don, der kennt bestimmt die ganze Geschichte!"

„Das ist wirklich genial!" Andreas schüttelte seinen Kopf, „dann weiß er sofort, wie der Hase läuft."

„Stimmt", Thomas runzelte die Stirn, „ist wirklich nicht mein Tag heute. Wir müssen erst rausbekommen, was er mit dem Kerl mit dem Stock mit dem goldenen Griff zu tun hat, diesem Francesco."

„Da fällt mir ein", Susanne blieb stehen und schaute Thomas an, „was ist eigentlich mit den Münzen?"

„Welchen Münzen?"

„Na die, die der Don Pablito geschenkt hat. Die aus der Schachtel von dem Mann."

„Die hatte ich ganz vergessen!" Thomas konnte es nicht fassen: „Gut, daß du mich daran erinnerst. Gleich morgen werden wir Pablito fragen."

„Ja", sagte Nicole und schüttelte sich leicht dabei, „wenn er morgen tatsächlich da ist!"

„So, da wären wir wieder." Andreas schnaufte ähnlich einem Pferd.

Die vier hatten die Hochfläche erreicht, auf der sich der Parkplatz mit dem Zugang zu den Wasserfällen befand. Wie bei ihrem letzten Besuch standen einige Busse dort und erwarteten die Rückkehr ihrer Fahrgäste. Auch die kleinen Buden gab es noch. Andreas steuerte direkt auf eine zu, dicht gefolgt von Susanne.

„Laß sie!" sagte Nicole und fasste sanft um Thomas Handgelenk, „sie bringen uns bestimmt was mit." Dann zog sie ihn mit sich zu jener Stelle, an der sie vor zwei Tagen zusammen gesessen hatten.

„Ist es nicht schön!"

„Ja", pflichtete Thomas ihr bei, „sehr schön." Er schaute Nicole von der Seite an.

Sie blickte hinunter auf die Stadt: „Weißt du noch, das kleine Tal mit dem Fluss und der alten Kirche?"

„Natürlich erinnere ich mich. Möchtest du da noch immer hin?"

„Ja, sehr gerne. Aber wer weiß, ob wir die Zeit dazu haben werden, bei all dem hier."

„Wie wäre es mit morgen oder übermorgen, Nicole?"

Nicoles Gesicht wandte sich Thomas zu und sie lächelte ihn mit leuchtenden Augen an: „Das wäre - phantastisch! Meinst du, es geht?""

„Du hast den Don gehört", sagte Thomas, der nun kaum mehr als zehn Zentimeter entfernt von Nicole stand, „es wird noch ein paar Tage dauern, bis der Verletzte reden kann, wir haben Zeit!"

„Ja, viel Zeit", hauchte Nicole, schloß ihre Augen und spitzte ihre Lippen, die sich langsam denen von Thomas näherten.

„Ich hoffe, Bier ist gut!"

Thomas und Nicole fuhren herum und sahen Andreas und Susanne, die fröhlich auf die beiden zukamen in der einen Hand je zwei Flaschen und in der anderen Fritten oder etwas in der Art.

„Bier ist super, ganz toll!" Thomas biss die Zähne zusammen und nahm Andreas eine Flasche ab. Susanne reichte ihrer Freundin ebenfalls eine.

Conchita saß auf der Schwelle ihrer Haustür. Sie hatte ihren Kopf in ihre Hände gestützt und starrte auf den Sand vor ihren nackten Füßen. Sie dachte an ihren Besuch bei Don Alfredo, an das Essen, das Haus. Es war ein schöner Nachmittag, einer der schönsten seit langem. All die Erinnerungen, die sie so lange verdrängt hatte, waren wieder in ihr hoch gekommen. Sie war Carmen, das kleine Mädchen in dem weißen, geblümten Kleid, das durch die weite Wiese vor dem großen Haus rannte und sich unter die alten Bäume in den Schatten flüchtete. Dann saß sie da mit Tanja, ihrer Lieblingspuppe und beide sahen nach oben durch die Zweige der riesigen Mangobäume und lauschten dem Rauschen der Wasserfälle, die ein Stück weiter Richtung Tal stürzten. Oft vergingen Stunden und Esmeralda, ihre Amme mußte sie zurück ins Haus holen, wenn die Sonne schon fast am Horizont verschwunden war. Nur, wenn Onkel Alfredo kam, verließ sie ihren Lieblingsplatz, um mit ihm durch den weitläufigen Park, der das Haus umgab, zu gehen. Dann erzählte ihr Alfredo Geschichten aus früheren Jahrhunderten, von spanischen Edelleuten, die in ihr Land gekommen waren und die Indios, die hier wohnten versklavten. Und er erzählte von den unermesslichen Goldschätzen, die sie fanden und an geheimen Orten verbargen und von ihrer Familie, die mit einem der ersten Schiffe in die neue Welt gekommen war. Es waren schöne Geschichten und es war eine schöne Zeit.

„Mama!"

Conchita spürte ein Zupfen am Ärmel ihres Kleides und sah auf: Vor ihr stand Cassiopeia und sah sie mit ihren dunklen Augen an, die denen ihrer Mutter so glichen.

„Was ist, mein Stern?" sagte Conchita und lächelte ihre Tochter an.

„José hat gesagt, daß Papa nicht mehr wiederkommt. Ich habe gesagt, daß er lügt." Cassiopeia schaute nach unten, „da hat er gesagt, daß ich noch zu klein bin, um das zu verstehen und das ist bei Erwachsenen so."

Conchita nahm Cassiopeia in die Arme.

„Dein Bruder hat das nicht so gemeint, er ist auch traurig, weil sein Vater nicht da ist, aber er denkt, daß man das als Mann nicht zeigen darf."

„Warum?"

„Das verstehst du noch nicht, meine Kleine!"

„Kommt Papa nicht wieder?"

„Er kommt wieder, ganz bestimmt." Conchita strich ihrer Tochter durch das lange, helle Haar und sah sie dabei nachdenklich an.

Francesco Getafe ging die paar Schritte von der
Straße zum Hotel. Er trug wie immer einen modischen
Anzug mit der dazu passenden Krawatte. In der Hand
hielt er den Spazierstock mit dem goldenen Griff, der
untrennbar mit seiner rechten Hand verbunden zu sein
schien. Langsam durchquerte er die Halle des Hotels.
Nach einem zehn minütigen Gespräch mit dem
Portier ging er, sehr zufrieden wirkend, Richtung Bar.
Dort nahm er am Tresen Platz, bestellte einen Cognac
und wartete.

„Und wo ist nun dieses Haus genau?" Susanne
schaute die anderen an und erwartete eine schnelle
und erschöpfende Antwort. Andreas sah zu Thomas
und der zu Nicole:
„Susanne, wir wissen genauso viel wie du! Irgendwo
dahinten wahrscheinlich." Nicole zeigte in die Richtung,
in der das Haus liegen mußte und in die sie sich
inzwischen bewegten.
„Toll!" sagte Susanne einige Minuten später, „ich bin
begeistert! Da ist nichts, nur das da!"
Sie standen jetzt vor einem großen, alten eisernen
Tor, das mit einer Kette verschlossen und von grünen,
lianenartigen Pflanzen umwuchert war. Hinter dem Tor
sah man eine Art Weg, der von allen Seiten von der
Vegetation bedrängt wurde. Nach etwa 20 Metern
machte er eine Kurve nach rechts und dann war nichts
mehr zu sehen als eine dichte, grüne Wand. Links und
rechts zog sich ein endlos scheinender Zaun die Straße
entlang.
„Und jetzt?" Andreas sah Thomas fragend an.
„Keine Ahnung", Thomas zuckte mit den Schultern. Er
stand inzwischen direkt an dem eisernen Tor und seine

Hände hatten die Gitterstäbe umfasst. „Ich weiß es nicht. Vielleicht sollten wir…", er zögerte.

„Was?" wollte Nicole wissen.

„Vielleicht sollten wir reingehen!"

„Da rein?" Andreas sah ihn entsetzt an.

„Das meinst du nicht ernst, oder?" Susanne sah ihn mit dem gleichen Blick wie Andreas an.

„Doch, das meine ich", bekräftigte Thomas. „Würdest du mitkommen?" Er sah zu Nicole, die ein kleines Stück neben ihm an dem Zaun stand.

Nicole lächelte ihn an: „Ich bin nicht ganz sicher, ob es das Richtige ist, aber ich habe auch keine bessere Idee. Ich komme mit."

Thomas sah mit einem Blick voll tiefer Zuneigung in ihre Richtung.

„Okay", Andreas stieß seinen rechten Fuß in den Sand, „ich bin auch dabei."

„Hatte ich auch nicht anders erwartet!" Thomas lächelte seinem Freund anerkennend zu. „Und du, Susanne?"

Susanne schaute verlegen zur Seite: „Nicole, du weißt, ich…", sie suchte in ihren Taschen nach Etwas, das sie nicht fand. Am Ende kam ein: „gut, wenn ihr meint, dann komme ich eben auch mit" über ihre Lippen.

„Super!" Nicole strahlte ihre Freundin an und fiel ihr im nächsten Moment um den Hals.

„Dann wäre das geklärt", sagte Thomas mit einer völlig sachlichen Stimme. „Morgen", fügte er hinzu, „wir gehen morgen Abend rein. Kurz, bevor es dunkel wird."

„Du spinnst!" Andreas zeigte seinem Freund einen Vogel und drehte ihm danach den Rücken zu. Selbst Nicole war sich nicht ganz sicher, ob sie Thomas richtig verstanden hatte:

„Morgen Abend? Wenn es dunkel wird? Wir finden

den Weg ja kaum bei Tageslicht – hast du da mal rein geschaut?" sagte sie und streckte ihren Arm in Richtung Tor.

„Ja", sagte Thomas, „habe ich. Aber, wann denn sonst? Am Tag sind hier viel zu viele Menschen. Schaut euch nur um, die ganzen Touristen und die Händler und all die, die den Touristen ihre Dienste anbieten wollen. Alle werden auch das Sternenhaus erwähnen, es den Leuten zeigen und sie zu dem Tor hier führen."

„Daran habe ich überhaupt nicht gedacht", sagte Andreas etwas kleinlaut.

„Dafür hast du ja mich!" sagte Thomas und grinste dabei.

„Und warum gehen wir nicht gleich?" Susanne sah die beiden an: „Ihr wisst doch - Was du heute kannst besorgen..."

„Susanne!" Andreas sah sie streng an: „Es ist hell, es sind viele Leute hier - hast du nicht zugehört?"

„Ich...", begann Susanne, wurde aber von Thomas unterbrochen:

„Schon gut. Wir kommen morgen nochmal her und schauen, ob wir nicht noch einen anderen Eingang finden, wo nicht so viele Leute sind. Ist das in besser?"

„Viel besser!" sagten Nicole und Andreas im Chor.

„Das könnten wir doch aber gleich machen!" strahlte Susanne, begeistert ob der Ausicht, nicht im Dunkeln durch das Gelände hinter dem Zaun schleichen zu müssen.

„Es ist schon spät", sagte Thomas: „Wir sind zum Essen bei Don Alfredo eingeladen und wir müssen vorher noch unsere Sachen aus dem Hotel holen!"

„Das habe ich jetzt total vergessen!" Susanne schaute beschämt nach unten.

„Kommt, gehen wir! Vielleicht gibt es ja wirklich einen anderen Zugang, der auch am Tage ein bißchen einsamer ist. Morgen wissen wir mehr." Nicole setzte sich in Richtung Parkplatz in Bewegung. Die anderen folgten ihr.

Pablo parkte seinen Wagen an derselben Stelle bei dem Hotel, wo er schon einmal gestanden hatte. Dann lehnte er sich zurück, zündete sich die nächste Zigarette an und wartete. Er wußte, daß es lange dauern könnte, aber irgendwann würden sie zurückkommen und dann wäre er zur Stelle und dann gäbe es kein Entrinnen mehr für sie. Don Martinez würde zufrieden sein mit ihm, sehr zufrieden. Er blies den Rauch vor sich gegen die Frontscheibe.

„Ja", dachte er, „ich habe alles im Griff, ich habe meinen Kopf noch einmal aus der Schlinge gezogen…Merde!" Pablo richtete sich auf und blickte konzentriert in den Rückspiegel: Dort sah er einen Mann mit Hut, Anzug und einem Stock in der Hand, den ein goldener Griff zierte. Dieser Mann trat gerade aus dem Hotel auf die Straße. Pablos Gehirn arbeitete fieberhaft: Er hatte diesen Mann schon einmal gesehen; vor gar nicht allzu langer Zeit. Wo war das nur? Dann fiel es ihm ein: Bei Don Martinez! Gestern Abend! Dieser Mann verließ gerade das Anwesen, als er am Tor war. Das konnte kein Zufall sein. Pablo beschloß, seinem Instinkt und damit dem Unbekannten zu folgen. Er startete den Motor und ließ den Wagen langsam anrollen.

Anna öffnete die große, zweiflüglige Tür, die zu dem Raum führte, in dem Don Alfredo Ameche das Abendessen zu nehmen pflegte.

„Herzlich willkommen!" Don Alfredo kam in wenigen schnellen, aber nicht hastig wirkenden Schritten auf die vier Freunde zu, die noch staunend in der Tür standen. Vor ihnen befand sich ein saalartiger Raum, der sich über die ganze Höhe des Hauses ausdehnte. An der hinteren Wand waren fünf große Fenster, wie man sie aus Kirchen kennt. Das buntgefärbte Glas zeigte verschiedene Motive aus der Bibel. In der Mitte des Raumes stand ein riesiger Holztisch, an dem ohne weiteres 30 oder 40 Personen hätten Platz nehmen können. Über dem Tisch hingen drei Leuchter aus Kristall, die in jedem französischen Schloß Aufnahme gefunden hätten. Die Wände waren holzgetäfelt und besetzt von Portraits, die Damen und Herren in altertümlichen Gewändern zeigten. Links und rechts neben der Tür stand je eine alte Rüstung. An der einen Stirnseite des Tisches hing hinter einem riesigen Holzthron ein Gemälde, das eine Szene aus der Zeit der Konquistadoren darzustellen schien; an der anderen zierten zwei gekreuzte Lanzen die Wand, zwischen denen sich ein großes Wappenschild befand.

Susanne starrte mit weit aufgerissenen Augen auf das große Gemälde, Andreas ließ seine Augen unaufhörlich durch den Raum wandern, Nicole schaute Thomas mit offenem Mund an und Thomas konnte seinen Blick nicht von dem mittleren Leuchter lösen.

„Aber", sagte Don Alfredo, „kommen sie doch, treten sie näher." Er nahm Nicole bei der Hand und zog sie in den Raum. Die anderen folgten ihr langsam. „Disculpa, aber es ist noch nicht alles vorbereitet und meine Kinder verspäten sich auch etwas."

„Das macht doch nichts." Nicole lächelte gezwungen und schaute hilfesuchend zu Thomas.

„Das sind ja interessante Rüstungen", sagte Thomas, „sind das Nachbildungen?"

„Wo denken sie hin, Señor Thomas!" Don Alfredo klang beinahe beleidigt, „diese Rüstungen sind Originale! Die linke da hat Don Batista Ameche getragen, als er mit seinen Leuten diesen Teil des Landes betrat und mit dem Häuptling der hiesigen Indianer zusammentraf. Aber ich langweile sie…"

„Nein, nein, erzählen sie weiter, bitte!" sagte Nicole und übersetzte für die anderen, die zustimmend nickten.

„Wo war ich? Ja, und diese Rüstung", fuhr er fort, „gehörte Don Miguel Ameche." Don Ameche schaute zu Boden und sagte dann in einem etwas entschuldigenden Tonfall, „leider brachte sie ihm kein Glück."

„Was ist geschehen?" wollte Nicole wissen.

„Nun, das ist keine ruhmreiche Geschichte, aber es ist auch kein Geheimnis." Don Alfredo lächelte: „Don Miguel kam in das Dorf des Häuptlings, in dem sein Großvater, Don Batista", er zeigte auf die erste Rüstung, „damals den Vertrag unterschrieben hatte. Es war ein schöner Tag, die Sonne schien strahlend vom blauen Himmel. Das ganze Dorf war versammelt. Der Vater des Häuptlings kannte Don Batista noch persönlich und verehrte und bewunderte ihn als einen großen und gerechten Mann." Don Alfredo machte eine Pause. „Was ist mit meinen guten Manieren?" sagte er dann: „Da habe ich Gäste und lasse sie ohne einen Begrüßungstrunk stehen. Wie unverzeihlich von mir."

Er ging zu dem großen Tisch und nahm eine Glocke, die auf ihm stand. Kaum hatte er sie in der Hand bewegt, ging eine Tür am hinteren Ende des Raumes in der Höhe des Wappens auf und ein Bediensteter trat ein.

„Don Alfredo", der Diener beugte seinen Rücken und wartete auf Anweisungen.

„Ernesto, Erfrischungen!"

„Sehr wohl!"

Ernesto zog sich zurück, um gleich darauf mit einem Tablett, auf dem sich fünf Gläser befanden, zurückzukehren. Er reichte jedem der Vier ein Glas und als der Don das letzte genommen hatte, zog sich Ernesto wieder zurück.

„Ich freue mich", sagte Don Alfredo, „daß sie meiner Einladung gefolgt sind. Seit vielen Jahren hatte ich keine Gäste mehr in diesem Haus. Es wurde Zeit, das zu ändern."

Er hielt sein Glas in die Höhe. Die anderen taten es ihm gleich. Don Alfredo leerte sein Glas in einem Zug, ebenso Thomas und Andreas. Sie verzogen ihr Gesicht und versuchten, den Don anzulächeln. Auch Nicole hatte das Glas in einem Zug geleert und hustete nun, als wenn sie sich eine Hand voll Pfeffer in den Mund geschüttet hätte. Susanne zog die Mundwinkel leicht nach oben und verzichtete auf den Inhalt ihres Glases. Don Alfredo lächelte verständig, dann fuhr er fort:

„Also, Don Miguel betrat den Dorfplatz, der Häuptling empfing ihn mit allen Ehren und reichte ihm einen Willkommenstrunk. Don Miguel nahm den Becher, es war ein großer Becher, eher ein Pokal, öffnete sein Visier, die Rüstung war sehr eng, nun…", Don Alfredo stellte sein Glas auf den Tisch, „er schüttete den Inhalt des Bechers in die Öffnung - und ertrank!" Don Alfredo mußte lachen. Die anderen sahen ihn völlig fassungslos an. „Ich weiß, es ist nicht lustig, aber..." Er schaute in die Runde, aus der ihn vier Augenpaare verständnislos anschauten. „…aber, wer, frage ich, ist schon in seiner Rüstung ertrunken?"

Er mußte wieder lachen. Diesmal konnten sich auch Nicole und Thomas nicht beherrschen und stimmten ein. Andreas und Susanne versuchten mühsam, sich zu beherrschen.

Zum Glück wurde erneut die Tür geöffnet. Ein junger Mann betrat den Raum. Don Alfredo ging freudig auf ihn zu:

„Castro, mein Junge! Schön, das du da bist." Er nahm ihn in den Arm: „Das sind Nicole, Susanne, Andreas und Thomas. Sie sind aus Deutschland und machen hier Urlaub. Ich habe sie eingeladen, für eine Weile unsere Gäste zu sein."

Castro schaute seinen Vater einen Moment zweifelnd an und sagte dann in einem etwas holprigen, aber sehr verständigen Englisch:

„Ich freue mich, euch kennenzulernen und hoffe, daß es euch bei uns gefällt."

Andreas und Susanne strahlten. Endlich jemand, den sie auch ohne Übersetzung verstanden. Susanne gefiel der große junge Mann mit den dunklen Augen und den erstaunlich hellen Haaren.

„Hallo", sagte sie und schaute ihn unsicher an: „Was machst du so?"

„Er ist Jurist", schaltete sich Don Alfredo ein, der auch ein wenig englisch verstand und sprach, „ein begnadeter Jurist. Er hat in London studiert und in Madrid. Er ist unverzichtbar für unsere Firma!"

Castro lächelte beschämt. In diesem Moment betrat Anna den Raum:

„Das Essen ist fertig, Don Alfredo", sagte sie.

„Anna, wo sind Isabella und Juan?" Sein Blick drückte Unmut aus.

„Don Alfredo, ich weiß es nicht", sagte Anna entschuldigend, „aber sie sind bestimmt auf dem Weg. Der Verkehr in der Stadt um diese Zeit ist enorm."

„Natürlich, Anna." Die Stimme des Don klang jetzt milder, „ihr müsst wissen, Isabella studiert Geschichte und Juan ist im Moment sozusagen der Direktor unseres kleinen Familienunternehmens, deshalb wohnen sie die Woche über unten in der Stadt."

Thomas und Nicole nickten, Susanne konnte ihren Blick nicht von Castro nehmen.

„Lasst uns zu Tisch schreiten, die beiden sind bestimmt sofort hier", sagte der Don und begab sich zu dem riesigen Tisch.

„Hier", er zeigte auf den Platz rechts neben dem großen thronartigen Stuhl, „ist ihr Platz, Señorita Nicole."

„Vielen Dank, Don Am- Alfredo", sagte Nicole und setzte sich.

„Daneben sie, Señor Thomas", der Don machte eine Handbewegung und Thomas folgte ihr wie in Trance. „Dort", er wies auf den Platz zu seiner Linken, „Señorita Susanne, daneben Señor Andreas." Susanne schaute etwas enttäuscht. Insgeheim hatte sie gedacht, daß vielleicht dieser Castro neben ihr sitzen würde. „Castro, du sitzt neben Señor Andreas, bitte."

Nachdem alle Platz genommen hatten, betätigte der Don erneut die Tischglocke und wieder betrat der Diener durch die kleine Tür den Raum. Der Don flüsterte ihm etwas zu, er entfernte sich und weniger als eine Minute später betraten zwei andere Bedienstete den Raum, um die Anwesenden nach ihren Wünschen bezüglich der Aperitifs zu befragen. Während die beiden die Wünsche erfüllten, öffnete sich wiederum die große Flügeltür und zwei weitere Personen betraten den Raum. Ein hoch gewachsener junger Mann, der Castro auffällig ähnelte und eine junge Frau mit langen, rötlichen Haaren und strahlenden blauen Augen. Sie trug eine hautenge, weiße Bluse und eine Jeans, die eher eine Nummer zu klein war. Das Gesicht des Don hellte sich merklich auf:

„Isabella! Juan!" rief er den beiden entgegen, „endlich.

Schön, daß ihr hier seid. Setzt euch."

Isabella und Juan gingen zum Don und küssten ihm die Wangen beziehungsweise die Hand und setzten sich anschließend auf die ihnen angewiesenen Plätze: Isabella nahm neben Thomas Platz und Juan an ihrer Seite. Andreas, der gerade einen Schluck aus seinem Glas genommen hatte, ließ das Glas einfach fallen, als sein Blick Isabella erfasst hatte. Alle schauten ihn an. Andreas schluckte, wurde rot und sagte:

„Sorry, hatte was in der falschen Kehle, meine, habe mich verschluckt."

Er lächelte unbeholfen und senkte seinen Blick. Die anderen lächelten auch und der Don sagte:

„Schon gut, Señor Andreas, kein Problem, wir sind unter uns", er räusperte sich, „das also sind meine Tochter Isabella und mein Ältester, Juan. Beide sprechen sehr gut englisch. Ich leider nicht." Er zuckte mit den Schultern, „das ist die moderne Zeit. Alles ändert sich. Doch, nun genug geredet", er klatschte laut in die Hände und durch die kleine Tür betraten nacheinander mehrere Bedienstete mit jeweils zwei Tablettes den Raum, die sie auf dem Tisch abstellten.

Nicole und Thomas sahen sich ungläubig an, aufgrund der vielen Dinge, die da vor ihnen auftauchten.

Andreas wußte nicht, ob er seine Augen auf die kulinarischen Köstlichkeiten, die sich auf dem Tisch befanden oder auf die, die ihm schräg gegenübersaßen richten sollte. Susanne dagegen bedauerte, daß der Platz neben ihr von Andreas besetzt war und sie nicht um die Ecke sehen konnte.

Pablo mußte seinen Wagen verlassen und dem Herrn

mit dem Stock mit dem goldenen Griff zu Fuß folgen. Der Weg führte die beiden durch ein Gewirr kleiner Straßen immer weiter hinauf in Richtung Sternenhaus. Pablo schnaufte. Das Rauchen hatte er gezwungenermaßen eingestellt, da ihm im vorgegebenen Tempo ansonsten die Luft weggeblieben wäre.

„Wenn das noch lange so geht, dann entkommt er mir", dachte er bei sich.

Francesco erklomm eine lange Reihe von Stufen, die sich im Zickzack den Berg hinaufzogen. Oben blieb er kurz stehen, tat als wenn er den Ausblick genießt, aber Pablo war klar, daß er sich vergewisserte, ob er verfolgt wurde. Francesco schien beruhigt. Langsam schritt er in Richtung der kleinen Buden, von denen viele um diese Zeit schon wieder verschlossen waren. Vor einer solchen blieb er stehen. Fast unmerklich schlug er mit dem Griff seines Stockes gegen den Fensterladen. Einen Moment später öffnete sich die Tür und ein kleiner, dunkelhaariger Mann erschien. Francesco gab ihm ein Zeichen, ihm zu folgen. Der Mann schloß die Tür und die beiden entfernten sich ein Stück von der Bude. Pablo folgte ihnen mit seinen Blicken. Er hatte sich zu einer der noch geöffneten Stände begeben und stand nun mit einer Flasche Bier neben ein paar Touristen, die dort ihren Durst löschten, bevor der Bus sie wieder einsammelte und zurück in ihr Hotel brachte. Der Mann mit dem Stock schien nicht erfreut über die Dinge, die der kleine Mann ihm berichtete: Immer wieder sah man ihn ein paar Schritte in die eine oder andere Richtung gehen und dabei mit seinem Stock in der Luft herumfuchteln und auf den anderen Mann zeigen. Der schien dann noch kleiner zu werden, als er ohnehin war. Einmal hielt er sich sogar schützend die Hände vor das Gesicht. Zu gern hätte Pablo gewusst, worum es bei der Diskussion ging. Auf die Entfernung und bei dem Lärm, den die Menschen um ihn herum machten, war es aber unmöglich auch nur eine einzige Silbe zu verstehen. Pablo beschloß, zu warten.

Ein paar Minuten später kehrte der kleine Mann zu der Bude zurück aus der er gekommen war und verschwand wieder darin. Der Fremde mit dem Stock begab sich zum Parkplatz. Während Pablo noch überlegte, ob es sinnvoller wäre, ihm zu folgen oder die Bude näher zu untersuchen, entschied der Herr mit dem Stock für ihn: Er bestieg einen dunkelgrünen Sportwagen, der auf dem Parkplatz stand und fuhr davon. Pablo fluchte:

„Mistkerl!"

Er schleuderte seine halbvolle Bierflasche in die Richtung, in der der Wagen verschwunden war. Nicht einmal die Nummer hatte er erkennen können, so schnell war alles gegangen.

„Dann später!" zischte er und schlenderte möglichst unauffällig zu der Bude, in der der kleine Mann verschwunden war. Das Ganze kam ihm schon etwas merkwürdig vor: Der Stand war augenscheinlich nicht erst seit heute geschlossen, überall lag altes Papier und das Drahtgestell, das als Papierkorb diente war unter den Müllmengen, die sich in ihm und um es herum befanden kaum noch zu erkennen. An der einen Längsseite der Bude stand eine Bank. Sie bestand aus einem alten Brett, das auf zwei leeren Getränkekisten lag.

„Machen wir eine kleine Pause", sagte er zu sich selbst. Dann setzte er sich vorsichtig und lehnte seinen Kopf an die Budenwand. Er lauschte: Stille.

Pablo wartete. Er wußte, daß es nur eine Frage der Zeit sein würde, bis der kleine Mann die Hütte verließ.

Nach einer kleinen Unendlichkeit hörte Pablo ein Knarren und gleich danach eine Stimme:

„Rühr´ dich ja nicht vom Fleck und keinen Mucks, ich brauche etwas Luft, das ist ja nicht auszuhalten da drin!"

Pablo drückte sich noch dichter an die Budenwand und zog seine Beine an. Jemand stand in der Tür. Er konnte ihn nicht sehen und für diesen Jemand war Pablo genauso unsichtbar, so lange er in der Tür stehen blieb.

„Was?" hörte er wieder die Stimme, „du hast hier keine Forderungen zu stellen! Sei zufrieden, daß ich hier bin und nicht Francesco. Der war überhaupt nicht zufrieden mit dem, was ich ihm gesagt habe." Pablo spitzte seine Ohren: „Er glaubt dir nicht, daß du nichts gefunden hast. Denk´ lieber darüber nach. Er kommt morgen wieder und dann will er Antworten!" Der kleine Mann machte eine Pause und zündete sich eine Zigarette an. „Das ist jetzt die zweite Nacht, die ich in dieser Bude verbringen muß! Aber ich schwöre dir, es wird die letzte sein. Und wenn du es nicht mir sagst, dann wird es Francesco aus dir heraus prügeln, der hat noch ganz andere Methoden als ich, das kannst du mir glauben!"

Pablo sah einen Zigarettenstummel ein Stück neben sich zu Boden fallen und hielt die Luft an. Seine Hand umschloss das Klappmesser in seiner Jackettasche, das er immer mit sich führte noch fester.

„Also, Kleiner, sag einfach, was er wissen will und wir können beide nach Hause. Und glaube ja nicht, daß deine Freunde dir…" Die Tür schlug wieder zu und verschluckte den Rest des Satzes.

Pablo atmete erleichtert auf, auch wenn er gerne noch mehr gehört hätte. Vorsichtig erhob er sich und entfernte sich langsam von der Bude. Sein Platz war jetzt woanders, hier war im Augenblick nichts mehr für ihn zu gewinnen. Er mußte so schnell wie möglich zurück zum Hotel und sich um die beiden jungen Gringos kümmern. Pablo lächelte und seine Goldkrone blitzte im Widerschein einer Laterne.

„Das ist nicht dein Ernst, oder?" Thomas schaute Andreas an. Die beiden lagen in ihrem neuen Zimmer in den Betten und genossen den neuerworbenen Luxus um sich herum.

„Doch", sagte Andreas, „mit Isabella und Susanne."

„Das kannst du nicht tun!"

„Warum nicht? Zu diesem Sternenhaus können wir auch noch übermorgen gehen."

„Das meinte ich nicht!"

„So, was denn?"

„Ich glaube, Susanne mag dich und", Thomas machte eine kleine Pause, „hast du mir nicht gerade gestern erklärt, daß sie dir auch nicht ganz gleichgültig ist?"

„Da kannte ich Isabella noch nicht!" Wäre es hell im Zimmer gewesen, hätte Thomas den verklärten Blick von Andreas gesehen und sich fassungslos zur Seite gedreht.

„Kennen!" sagte er, „du hast sie heute das erste Mal gesehen und nicht mal zwei Sätze mit ihr gewechselt!"

„Aber…"

„Nur, weil sie englisch spricht und du sie deshalb verstanden hast, heißt das noch lange nicht, daß sie in dir die große Liebe ihres Lebens sieht!" Thomas grinste in sich hinein.

„Das sagt ja auch keiner." Andreas spielte den Beleidigten, „aber, wenn sie mich näher kennt, dann…"

„Laß das lieber. Deine Chancen liegen nur darin, daß

sie dich eben nicht näher kennt!"

„Du, du…", Andreas suchte nach dem richtigen Wort, um Thomas gegenüber das auszudrücken, was er gerade empfand.

„Ich weiß", sagte Thomas mit ruhiger Stimme, „ich bin ein Genie und irre nie in diesen Dingen. Laß es einfach, es ist besser für alle Beteiligten, glaube mir."

„Nein. Diesmal nicht. Diesmal ist es anders, ich weiß es. Du wirst es sehen!" Andreas Stimme klang trotzig, „warte nur bis morgen Abend!"

„Gut", Thomas drehte sich auf die Seite, „wenn du unbedingt willst. Du weißt ja: wer nicht hören kann,…"

„Bla bla…" Andreas drehte sich ebenfalls auf die Seite und die nächsten Worte hörten nur noch sein Kopfkissen und die Wand neben seinem Bett.

Sonntag, 12. April

„Und ihr wollt wirklich nicht mitkommen?" Susanne schob sich den Rest eines Stück Brotes in den Mund und kaute genüsslich.

„Nein", sagte Nicole und schaute aus den Augenwinkeln zu Thomas. Der nickte zustimmend: „Wir alle haben uns diesen Tag verdient, glaube ich. Geht ihr in euer Museum, wir haben unsere eigenen Pläne."

Nicole sah ihn mit einem Blick an, den er ihr vor ein paar Tagen nie zugetraut hätte. Thomas stellte seine Kaffeetasse auf den Tisch und nahm sich eines der Papayastücke.

„Wenn ihr denn unbedingt wollt!" sagte Andreas, „dann sagt aber nicht hinterher, daß wir euch nicht gefragt haben." Andreas schaute zu Susanne. „Dann lass uns langsam aufbrechen, wir wollen Isabella nicht warten lassen." Andreas stand auf und Susanne folgte ihm.

„Bis später dann", sagte sie im Hinausgehen zu Nicole und Thomas, „und viel Spaß!"

„Euch auch", sagte Thomas und winkte den beiden hinterher. Danach schaute er zu Nicole: „Ich weiß nicht, aber irgendwie bin ich zufrieden, daß sie weg sind."

„Ich auch", sagte Nicole mit einem erleichterten Grinsen. „Ich esse noch so ein Teil da und trinke einen Kaffee, dann können wir auch los", sagte sie entschuldigend.

„Laß dir ruhig Zeit, heute ist Sonntag, der Tag der Ruhe und Besinnung", sagte Thomas.

Er schaute Nicole an und fragte sich selbst, wie er jemals auf den Gedanken hatte kommen können, daß diese Frau eine eingebildete, dumme Gans sein konnte.

Nicole hatte die Worte von Thomas kaum wahr genommen, in ihrem Innern wirbelte wieder alles durcheinander: „Wieso gerade er?" dachte sie. Am Anfang hatte sie diesen Typen für einen widerlichen Aufschneider und Aufreißer gehalten; und nun schien er das genaue Gegenteil von dem zu sein. Alle ihre Vorurteile lösten sich in Wohlgefallen auf. Nicole mußte sich eingestehen:

„Ich liebe ihn!"

„Was?" Thomas schaute sie an, „entschuldige, ich war abgelenkt. Was hast du eben gesagt?"

Nicole atmete tief durch und sagte dann:

„Ich sagte, wir können dann auch los."

„Ja, klar, sofort." Thomas leerte seine Tasse und stand auf.

Nicole folgte seinem Beispiel und ein paar Minuten später verließen sie das Haus von Don Alfredo Ameche.

Pablo schreckte hoch. Gleißendes Sonnenlicht traf ihn im Gesicht. Er richtete sich hinter seinem Lenkrad auf und rieb sich den schmerzenden Nacken. Sein Blick fiel auf seine Uhr: der große Zeiger stand zwischen der Zehn und der Elf und der kleine auf der Sechs.

„Das kann nicht sein! Verdammter Mist!" rief er und riß die Tür seines Wagens auf. Dann stürmte er zum Eingang des Hotels, vor dem er die ganze Nacht verschlafen hatte. Wie das passieren konnte, war ihm unerklärlich. Vielleicht wurde er doch alt? Vielleicht wurde es doch Zeit, sich aus diesem Geschäft zurückzuziehen und sein Altenteil zu genießen? Er würde darüber nachdenken, aber zuerst mußte er diese

Sache zur Zufriedenheit von Don Martinez zu Ende bringen, sonst bestand seine Zukunft aus einem gezimmerten hölzernen Gegenstand von etwa 180 mal 40 mal 40 Zentimetern.

„Señor, kann ich behilflich sein?" Pablo stand suchend vor der Rezeption.

„Si", sagte er, „die Gringos, äh, zwei junge Gringos aus Deutschland, sie müssen hier wohnen."

Der Portier schaute in sein Gästebuch und blätterte ein paar Seiten in die eine und wieder in die andere Richtung:

„Señores aus Deutschland, hmm, ich weiß nicht, nein, vielleicht...", er schaute Pablo kurz an und schob das Buch in dessen Richtung.

Pablo verstand. Er zog einen Geldschein aus seiner Jackettasche und ließ ihn zwischen den Seiten des Gästebuches verschwinden. Der Portier nahm das Buch wieder an sich:

„Ah, hier, natürlich, wie konnte ich das vergessen: Señor Jakisch und Señor Poelmann, da", er drehte das Buch Pablo zu und zeigte auf eine Zeile, „gestern abgereist. Beide."

„Abgereist?" Pablo merkte, wie er zu schwitzen begann: „Wohin, Señor?"

„Das haben die Herren nicht gesagt." Pablo schob einen weiteren Geldschein in das Buch. „Sie sind mit den beiden deutschen Señoritas zusammen weg, das ist alles, was ich sagen kann, Señor."

Pablo ging in die Bar und bestellte sich einen doppelten Whisky. Was sollte er nun tun?

„Noch einen, Señor, bitte!" sagte er und tupfte sich die Stirn mit seinem Taschentuch.

Susanne versuchte, ihren Ärger zu verstecken. Andreas und sie standen an einer Kreuzung irgendwo in dem Häusermeer unten im Tal und warteten auf einen Bus, dessen Nummer sie beide nicht wußten, der sie zu dem Treffpunkt bringen sollte, an dem Isabella die beiden erwartete. Andreas sah beschämt nach unten. Er hätte die Fahrpläne und Abfahrtszeiten der einzelnen Buslinien studiert, wenn sie an den Haltestellen ausgehangen hätten. So konnte er nur immer wieder betonen, daß sie an der richtigen Stelle ausgestiegen waren und in den nächsten Augenblicken der richtige Bus auftauchen würde.

„Zu dumm, daß ich mir das alles nicht aufgeschrieben habe", sagte er, „aber es war so logisch und ich dachte, ich behalte es."

„Du dachtest!" Susanne schüttelte den Kopf und schaute ihn vorwurfsvoll durch ihre dicken Brillengläser an. „Wir könnten ja jemanden fragen", sagte sie schnippisch, „wenn wir könnten!"

„Was soll das heißen?"

„Das soll heißen: Wenn uns jemand verstünde!" Susanne schnaufte und setzte sich an den Bordstein. Außer ihnen stand niemand an der Stelle, das gab ihr zu denken. Andreas schien das überhaupt nicht zu stören.

„Wenn wir könnten!" sagte er abfällig, „wir können!" Dann begann er damit, jeden Vorbeigehenden nach dem richtigen Bus zu fragen. Leider tat er das in einer Mischung aus deutsch und englisch, die niemand zu verstehen schien. Immerhin brachte ihm diese Aktion ein paar Münzen ein, die vielleicht für das zukünftige Fahrgeld reichten.

„Hier lang, hier muß es sein!" Nicoles Herz schien ihre Brust zu sprengen. Zwei Stunden waren sie durch viele, viele Straßen gegangen, um die Stelle wiederzufinden, an der sie auf jenes Tal geschaut hatten gemeinsam. Jetzt waren sie dem Ziel sehr nahe, Nicole spürte das.

„Warum ist Pablito heute auch nicht gekommen?" sagte Nicole.

„Ich weiß es nicht. Das kommt mir schon ein bißchen merkwürdig vor. Eigentlich hätte er früh auf uns warten sollen bei Don Alfredo. Vielleicht ist ihm wieder etwas dazwischen gekommen, du weißt, er hat viele Verpflichtungen!" versuchte Thomas Nicole zu beruhigen. Innerlich machte er sich genauso viel Sorgen um Pablito wie sie.

„So wird es wohl sein", Nicole schaute Thomas an, „heute Abend wird er auf uns warten und alles löst sich in Wohlgefallen auf."

„Ja, bestimmt."

„Hier!" Nicole rannte los: „Hier ist es!" Sie stand an einer kleinen Mauer und vor ihr lag das Tal mit den Feldern und dem klosterartigen Haus, das ihnen Pablito zeigen wollte. Sie hatten es gefunden. Für einen Moment vergaß Nicole all ihre Sorgen und Ängste; sie hatten es gefunden. Das war die Hauptsache. „Wie kommen wir runter?" Nicole hüpfte auf der Stelle, wie sie es zu tun pflegte, wenn ihre Erregung sie übermannte.

„Wir finden einen Weg", Thomas schaute kurz Nicole an und dann nach unten. „Nach links", sagte er, „gehen wir da lang." Er zeigte die Straße hinunter und Nicole und er machten sich auf den Weg.

„**J**etzt!" Susanne schaute panisch zu Andreas: „Sag´ was, wir müssen raus!"

Andreas war völlig überfordert. Er gestikulierte mit den Armen und schloß und öffnete seinen Mund.

„Halten!" rief jemand auf Spanisch.

Susanne schaute auf den Urheber des Ausspruchs und sah einen jungen Mann mit heller Hautfarbe. Sie lächelte ihm zu und griff mit ihrer Hand nach Andreas: „Komm, raus", sagte sie, als der Bus ein paar Augenblicke später hielt. „Gratiaz!" rief sie noch im Aussteigen und dann standen sie und Andreas auf dem Bürgersteig und der Bus fuhr weiter. „Wir sind da, ich kann es nicht glauben!" Susanne hüpfte auf und ab und zeigte mit ihrer rechten Hand auf das Gebäude auf der gegenüberliegenden Straßenseite.

Andreas folgte ihrem Arm:

„Tatsächlich! Wir sind am Museum", sagte er völlig gefasst, „habe ich doch gleich gewusst."

Susanne glaubte, ihren Ohren nicht zu trauen.

„Tja, ein paar Fremdsprachenkenntnisse können eben zuweilen sehr hilfreich sein!" Er lächelte vor sich hin und versuchte, die Straße zu überqueren: „Irgendwo da drüben wartet sie. Phantastisch. Und...", er schaute auf seine Uhr, „genau pünktlich."

Eine innerlich kochende Susanne folgte ihm schweigend: Was bildete sich dieser Kerl eigentlich ein? Ohne sie hätten sie den richtigen Bus nie gefunden! Während er völlig wahllos vorbeigehende Leute bestürmte, hatte sie auf der gegenüberliegenden Straßenseite an einem der vorbeifahrenden Busse das Schild „Museum" gesehen. Sie hatte Andreas darauf hingewiesen und beide hatten die Straßenseite gewechselt und waren in den nächsten Bus mit eben jener Aufschrift gestiegen, der sie zu dieser Stelle hier gebracht hatte.

„Männer!" sagte sie und machte damit ihrem ganzen Unmut Luft.

„Da! Da ist sie!" Andreas strahlte über alle vier Backen und steuerte auf Isabella zu, die er neben den Stufen zum Eingang entdeckt hatte. Er winkte und sie winkte zurück.

Eine Minute später standen sie sich gegenüber.

"Hello!" sagte Andreas, "It was very difficult to find this place, but nothing is impossible for a man, if he wants to reach the place that his heart is longing for!"

„Du mieser, kleiner Macho!" dachte Susanne, „der Platz, an den dein Herz gehört! Du hast ihn gefunden! Ha!" Sie setzte ein Lächeln auf und begrüßte Isabella. Die war noch mit ihrem Telefon beschäftigt und hatte von dem, was Andreas gesagt hatte zu seinem Leidwesen nichts mitbekommen.

„Entschuldigt", sagte sie und steckte das Telefon in ihre Handtasche, „war ein wichtiger Anruf. Schön, daß ihr da seid, ich dachte schon, es wäre zu schwer zu finden." Isabella lächelte die beiden an.

„Ach, Andreas war ja dabei", sagte Susanne und warf einen Blick voller Verachtung in seine Richtung.

Andreas setzte sein „siehst du, ich bin unwiderstehlich" Gesicht auf und sagte zu Isabella:

„War nicht weiter schwierig, du hast uns ja eine ganz hervorragende Beschreibung gegeben."

„Danke, Andreas, das ist nett von dir."

„Lasst uns doch reingehen." Susanne hatte genug von der gegenseitigen Beweihräucherung.

„Einen Moment noch." Isabella sah suchend um sich. Dann erhellte sich ihre Miene.

Andreas bezog das auf sich und bot ihr seinen Arm an.

„Einen Moment!" sagte sie und im nächsten

Augenblick lag sie in den Armen eines gutaussehenden jungen Mannes.

„Das ist Roberto!" sie strahlte, „mein Verlobter! Er ist schon ganz gespannt, euch kennenzulernen."

Andreas Arm bewegte sich in Richtung Roberto, seine Kinnlade klappte herunter und ein „Hello, Buenatz Dias" kam aus seinem Mund.

Susanne konnte sich ein Grinsen nicht verkneifen: „Sehr erfreut, ich bin Susanne", sagte sie und reichte dem Verlobten Isabellas ihre Hand. „Schön, daß wir zusammen das Museum besuchen." Sie hakte den noch immer sprachlosen Andreas unter und erklomm zufrieden die Stufen zum Eingang des Gebäudes.

Pablo verließ das Hotel. Seine Stimmung war nicht besonders gut, er hatte noch einen halben Tag, um den Ring zu beschaffen und er hatte nicht die leiseste Ahnung, wo er beginnen sollte. Er griff in die Tasche und hielt seinen Autoschlüssel in der Hand. Was, wenn er einfach davonfuhr? Don Martinez würde erst morgen nach ihm suchen, dann wäre er schon weit, weit weg. Nein, er verwarf diesen Gedanken sofort wieder: Die Verbindungen von Don Martinez reichten sehr weit. Manche sagten, bis nach Kolumbien oder Ecuador. Pablos einzige Chance lag darin, den Ring zu finden oder jemanden, der wußte, wo er war.

„Jemanden der weiß, wo er ist. Natürlich!" Pablo schnippte seine Zigarette in weitem Bogen über den Gehweg und öffnete die Tür seines Wagens. Was hatte noch der merkwürdige Kerl gestern gesagt? „Er glaubt dir nicht, daß du nichts gefunden hast" und etwas von seinen Freunden. Es war ein Strohhalm, aber Pablo hatte nichts anderes, an das er sich im Moment klammern konnte.

Der Motor heulte auf und Pablo lenkte seinen Wagen hinauf zum Parkplatz am Sternenhaus.

Zugegeben, Andreas war kein Feind von Museen. Im Gegenteil: Thomas war derjenige, der jedes Mal davon überzeugt werden mußte, daß es durchaus sinnvoll sein kann, derartige Gebäude auch von innen zu besichtigen. Doch einen derartigen Museumsbesuch würde er vermutlich noch sehr lange in Erinnerung behalten: Seit nunmehr drei Stunden irrten sie durch die einzelnen Räume, d. h. er irrte, Susanne lustwandelte!

Was aus Isabella und ihrem Verlobten geworden war, konnte er nicht genau sagen, sie hatten sich vor bestimmt zwei Stunden aus den Augen verloren.

„Sieh hier! Schau da! Ist es nicht phantastisch! Und da: Umwerfend, nicht?" Susanne war voll in ihrem Element. Andreas konnte sich keinen anderen Beruf für sie vorstellen als Museumsführerin. Einen einzigen Wunsch hatte er nur im Geheimen: Daß er nie an einer weiteren ihrer Führungen teilnehmen mußte.

„Woher wusstest du, daß das der Weg ist?" Nicole schaute Thomas an, der dicht neben ihr die kleinen Stufen hinunterstieg, die sie direkt in ihr Traumtal führten.

„Ich wußte es nicht, es war nur so ein Gefühl." Thomas versuchte mal wieder Nicoles Blick auszuweichen, obwohl er diese Augen so mochte. Er fühlte sich unsicher in ihrer Gegenwart. Seine Gefühle sagten ihm etwas anderes als sein Verstand.

„Da! Schau!" Nicole war stehen geblieben und zeigte

nach links.

„Zu viele Leute", dachte Pablo. Er bewegte sich langsam in die Richtung der Bude, in der gestern der kleine Mann verschwunden war. Um ihn herum herrschte ein reges Treiben: Es war Sonntag und heute waren nicht nur die Touristen hier oben, sondern auch viele Einheimische, die den Tag für einen Ausflug nutzten. Überall standen kleine Plastikhocker oder lagen Decken auf dem braunen Gras, Kinder sprangen durch die Gegend und an den Buden herrschte ein reges Treiben. Die Bude, die Pablo ansteuerte war genauso verschlossen wie am Abend zuvor. Zumindest in diesem Punkt hatte er sich nicht geirrt: Sie verbarg etwas und dieses Etwas war noch in ihrem Innern. Pablo hätte sich im Schatten niederlassen und einfach warten können: In drei, vier Stunden würde sich der Trubel gelegt haben und er könnte sein Vorhaben unbeobachtet in die Tat umsetzen. Er sah sich um, erwarb ein kühles Bier an einer der anderen Buden und setzte sich auf eine Bank, die von einem der alten Mangobäume beschattet wurde. Er hatte keine drei oder vier Stunden Zeit; er mußte sich etwas anderes überlegen. Ein Stück entfernt spielten ein paar Jugendliche Fußball und ein paar andere schauten ihnen zu. Pablo hatte eine Idee.

Nach einer weiteren Stunde hatte Andreas jeglichen Widerstand aufgegeben und folgte Susanne wie ein abgerichteter Hund. Wenn sie länger vor einem Bild stehenblieb, und sie blieb vor jedem Bild länger stehen, stand er hinter ihr, ließ ihre Worte durch seinen Kopf gleiten und wartete, daß sie ihren Weg fortsetzte. Zu seinem Glück erwartete sie keine Antworten, so daß nicht weiter auffiel, daß er in seinen Gedanken an einem endlosen Strand im Sand lag, sich von der Sonne bescheinen und von Isabella verwöhnen ließ.

„Ist das nicht ein Zufall, Andreas! Andreas!" Susanne stand vor Andreas, der sich auf eine Holzbank gesetzt hatte, die sich gegenüber einem Wandgemälde befand, das natürlich auch keine Chance gehabt hatte, Susannes ausführlicher Besprechung zu entgehen. „Ich wußte es! Ich habe es gesagt! Erinnerst du dich!" Susanne hüpfte im Kreis herum, wie es sonst Nicoles Art war.

Andreas kehrte langsam aus seinem Traumland zurück. Um ihn herum war ein Stimmengewirr und immer wieder stieß etwas gegen ihn. Er sah Susanne, die gerade versuchte, zwei Museumsangestellten etwas zu erklären. Der eine hatte sie am Arm gefasst, der andere stand vor ihr und sprach in sein Funkgerät. Andreas stand auf und ging zu den drei Personen, die umringt waren von allen Besuchern, die sich gerade in der Nähe befanden.

„Was ist denn hier passiert, Susanne?" fragte er.

„Andreas! Was war denn mit dir? Ich habe dir alles erzählt, immer wieder und du hast gar nicht reagiert!"

„Sorry, mir war gerade", er zögerte einen Moment, „nicht gut, ja, die Luft hier drin, die ist nichts für mich."

„Egal, jetzt sage denen, daß ich nicht verrückt bin und auch keinen Anschlag oder sowas verüben will, die verstehen mich nicht!"

„Ach, und du meinst, mich verstehen sie besser?" sagte Andreas verzweifelt und sah sich Hilfe suchend um.

„Kann ich vielleicht helfen?" Ein junger Mann hatte sich durch die Menge zu ihnen gedrängt. Susanne erkannte ihn: Es war derselbe, der ihnen im Bus geholfen hatte auf der Hinfahrt.

„Ja, bitte, sie sprechen deutsch?" Susanne klang verzweifelt.

„Ein bißchen, besser englisch", sagte er entschuldigend.

„Das ist auch in Ordnung. Können sie denen erklären, daß ich nicht gefährlich bin, bitte?"

„Das ist sie wirklich nicht", unterstützte sie Andreas, „jedenfalls nicht in dem Sinne, wie die Herren vermuten!" fügte er grinsend hinzu.

Der junge Mann nahm einen der beiden Wächter beiseite und verschwand mit ihm hinter einer Säule. Als sie nach einigen Minuten zurückkehrten, lächelte er:

„Ich habe das Missverständnis aufgeklärt, sie können beide ihren Besuch fortsetzen."

„Vielen Dank", Susanne lächelte, „ich heiße Susanne", sagte sie und streckte dem gutaussehenden Retter ihre rechte Hand entgegen.

„Antonio", sagte er und ihre Hände trafen sich.

„Wie der Schauspieler!" Susanne schenkte Antonio einen schmachtenden Blick durch die Gläser ihrer Hornbrille.

„Und ich bin Andreas", sagte Andreas und schaute Antonio in der gleichen Weise an. Alle drei mussten lachen.

„Darf ich sie beide zu einer kleinen Führung einladen, ich kenne mich hier sehr gut aus", sagte Antonio.

„Ach, Susanne ist…" weiter kam Andreas nicht, denn er verspürte einen unangenehmen Schmerz in seiner Seite. Susanne lächelte ihn an:

„Er wollte sagen, daß ich nicht so viel Ahnung von Bildern und so habe und wir ihr Angebot deshalb sehr gerne annehmen."

„Ja, genau, das wollte ich sagen." Andreas sah sie

an. „Und was wolltest du mir nun so Wichtiges mitteilen von dem B… Au. Was denn nun schon wieder?"
Andreas verstand Susannes Verhalten nicht, die dicht neben ihm stand, während Antonio noch kurz die letzten Dinge mit den Wächtern klärte.

„Später, Andreas, nicht hier."

„Wie du meinst, aber, bitte, nicht noch einen… Au."
Susanne hakte Andreas unter und gemeinsam mit Antonio setzten sie den Besuch fort.

„**E**s gerät außer Kontrolle, Alfredo!" Francesco ging unruhig in der Bibliothek von Don Alfredo umher: „Was können wir tun?"

„Nimm dir doch ein Glas, Francesco und dann setz dich endlich. Du machst mich ganz nervös." Don Alfredo zeigte mit der ausgestreckten Hand auf den Platz ihm gegenüber.

Francesco schenkte sich ein und stellte die Flasche mit dem Cognac auf den Tisch vor sich. Dann nahm er Platz.

„Was ist mit Martinez?" wollte Alfredo wissen, „ahnt er etwas?"

„Ich glaube nicht. Aber ich kann nicht garantieren, daß es so bleibt."

Don Alfredo verzog das Gesicht und nahm einen Schluck: „Es ist genau wie früher", sagte er.

„Ja, wie früher. Aber die Zeiten draußen haben sich geändert, Alfredo."

„Ja, leider. Sind wir wirklich die letzten Dinosaurier?"

„So würde ich das nicht nennen."

„Was kommt nach uns? Werden Castro und Juan verstehen, worum es geht? Ich mag gar nicht daran denken, was passiert, wenn sie es nicht tun."

„Alfredo, zerbrich dir nicht den Kopf darüber. Im Moment haben wir ganz andere Probleme und wenn wir die nicht in den Griff bekommen, dann brauchen deine und meine Söhne nichts mehr zu verstehen!"

„Also, was können wir tun?"

„Der Junge hat wirklich keine Ahnung, aber wir können ihn nicht so einfach wieder gehen lassen, das ist zu gefährlich."

„Das Risiko will ich auch nicht eingehen. Wenn nur endlich dieser Kurier wieder sprechen könnte!"

„Wie geht es ihm?"

„Von Tag zu Tag besser, aber er bringt noch keine zusammenhängenden Worte hervor. Auf ihn können wir im Moment nicht bauen."

„Und die Gringos? War übrigens eine phantastische Idee, sie hier unterzubringen!"

„Die sind den ganzen Tag unterwegs irgendwo in der Stadt. Ich versuche, sie abzulenken und zu beschäftigen, so gut es geht. Sie haben nach Pablito gefragt."

„Was hast du gesagt?"

„Verpflichtungen."

„Sehr gut. Für´s Erste jedenfalls." Francesco machte eine Pause. „Man hat ihr Zimmer im Colonial durchwühlt, wusstest du das?"

Don Alfredo schaute erschreckt: „Weiß man, wer es war?"

„Ich habe da so eine Idee, Alfredo, und das macht mir die größten Kopfschmerzen. Wir dürfen sie nicht aus den Augen lassen. Sie wissen etwas."

„Aber was? Sie haben nichts erzählt, was darauf hindeutet."

„Es muß etwas geben."

„Sie werden noch ein paar Tage bleiben, dafür werde ich schon sorgen, da wird sich die eine oder andere

Gelegenheit zu einem Gespräch bieten." Don Alfredo leerte sein Glas. „Wie sehen deine Pläne aus?"

„Ich werde versuchen, den Kerl aufzuspüren, der die Sache im Colonial durchgeführt hat. Dann sehen wir weiter."

„Gut, Francesco, pass auf dich auf."

„Natürlich, alter Freund." Francesco lächelte und stellte sein leeres Glas auf den kleinen Tisch.

Ein kleiner Bach, umsäumt von alten Bäumen, suchte sich seinen Weg durch grüne Wiesen und durchquerte munter sprudelnd die Brücke, auf der Nicole und Thomas standen. Auf der anderen Seite der Brücke mündete der Bach ein paar hundert Meter weiter in den kleinen Fluss, den sie von oben gesehen hatten. Der Weg führte wie vom Lineal gezogen vor ihnen in das Tal hinein.

„Wie kann es hier so etwas geben?" Nicole sah Thomas fragend an, „wir sind mitten in einer Großstadt, oder?"

„Es ist ein Vorort, auch wenn es nicht so aussieht auf den ersten Blick", Thomas lächelte Nicole an, „das Zentrum ist ein ganzes Stück entfernt und der Berg mit dem Sternenhaus ist ein Nationalpark. Vielleicht gehört das hier auch noch dazu."

„Das wird es sein!" Nicole strahlte. „Komm, lass uns zu der Kirche gehen!" Sie zeigte auf ein Gebäude, dessen Silhouette sich in der Ferne abzeichnete.

„Das ist die Kirche, die wir von oben gesehen haben, nicht?" sagte Thomas.

„Bestimmt", sagte Nicole und ergriff seine Hand.

Thomas durchfloss ein wohliges Gefühl. Erst wollte er die Hand wieder wegziehen, doch dann umschloss er mit seinen Fingern Nicoles und beide schlenderten den sandigen Weg entlang durch das Tal.

„Señor, bitte öffnen sie!" Die Hand des Jungen klopfte zum wiederholten Mal an die hölzerne Tür der kleinen Bude, „ich habe eine Nachricht für sie!" Wieder das Klopfen. „Señor, bitte, es ist wichtig!" Die Tür wurde einen Spalt weit geöffnet und das Gesicht des kleinen Mannes, den Pablo schon am Vortag dort gesehen hatte, erschien:

„Was ist das für eine wichtige Nachricht?"

Der Junge wich zwei Schritte zurück: „Ein Señor mit einem schönen Stock und einem Hut hat mir das gesagt." Er machte eine Pause.

Ein Kopf schob sich durch die Tür: „Was hat er gesagt?" Das Interesse des Mannes schien geweckt.

„Sie sollen zum Parkplatz kommen zum Wagen. Sie wüssten schon."

„Wann? Jetzt?"

„Mehr hat er nicht gesagt, das ist alles, Señor."

„Verschwinde!" Herrschte ihn der kleine Mann an.

Der Junge zuckte erneut zusammen: „Und mein Lohn?" sagte er, allen Mut zusammen nehmend.

„Was für ein Lohn sollte das sein, du dreckige, kleine Ratte?"

„Der Herr hat gesagt, ich bekomme fünf Pesos, wenn ich die Nachricht ausrichte."

„Hat er das? Na dann, von mir aus." Der kleine Mann spuckte vor sich auf den Boden: „Warte!" Er verschwand in der Bude, um kurze Zeit später erneut in der Tür zu erscheinen. „Hier", sagte er und reichte dem Jungen das Geld. „Und nun, verschwinde endlich, bevor ich es mir noch anders überlege!"

Nur zu gerne folgte der Junge dieser Aufforderung und verschwand zwischen den umliegenden Ständen. Der kleine Mann fluchte und rief dann in das Dunkel der Bude:

„Ich bin gleich zurück! Daß du mir nicht auf dumme Gedanken kommst. Das würde dir schlecht bekommen, mein Junge!" Dann verließ er die Bude und schloß die Tür hinter sich.

Pablo grinste zufrieden. Sein Plan hatte funktioniert. Er wartete noch einen kleinen Moment, bis die Wache weit genug entfernt war, dann ging er schnellen Schrittes auf die Bude zu, hielt kurz inne, schaute um sich und legte die Hand auf den Griff der Tür. Er zog daran:

„Nicht verschlossen! Das ist gut!" Langsam öffnete er sie. Im Innern der Hütte herrschte Dunkelheit. „Hallo? Ist da jemand?" rief er vorsichtig. „Keine Angst, ich bin gekommen, um zu helfen!" Er machte zwei Schritte vorwärts und versuchte, irgendetwas zu erkennen. Seine Augen mussten sich erst an die Dunkelheit gewöhnen. Pablo hielt inne. In der rechten Hand hielt er sein Klappmesser. Ihm war, als wenn er eine Bewegung im hinteren Teil des Raumes wahrgenommen hätte. Da! Dort hinten hatte sich etwas bewegt, ohne jeden Zweifel.

„Mein Name ist Pablo", sagte Pablo, „du brauchst dich nicht zu fürchten. Ich hole dich hier raus. Deine Freunde schicken mich!"

Er wußte nicht, warum er das gesagt hatte, die Worte waren einfach über seine Lippen gekommen. Sie verfehlten ihre Wirkung nicht: Pablo hörte ein Stöhnen, dem er folgte.

In der linken hinteren Ecke stieß er auf einen Körper, der an einen der Holzpfähle gefesselt war, die das Dach der Hütte stützten. Vorsichtig tastete er nach den

Fesseln und durchschnitt sie mit seinem Messer.

„Los, schnell", sagte er, „wir müssen weg, er wird jeden Moment zurück sein." Pablo führte den Gefangenen, den er befreit hatte zur Tür. Nachdem er einen kurzen Blick hinaus geworfen hatte, verließ er die Bude, ihn hinter sich herziehend.

„**K**omm, wir gehen rein!" Nicole versuchte, Thomas mitzuziehen.

„Ich weiß nicht", Thomas stemmte sich leicht gegen ihre Bewegung, „meinst du wirklich, man kann da so einfach rein?"

„Es ist eine Kirche!" Sie sah ihn ungeduldig an, „nun komm schon. Du bist doch sogar katholisch, oder?"

„Ja, aber..."

„Nichts aber!" Thomas zögerte noch immer. „Dann bleib´ du eben hier und warte. Ich gehe da jetzt rein." Nicole ließ seine Hand los und schritt die Stufen empor, die sie zum Eingang führten.

Knarrend öffnete sich die große Flügeltür und gab den Weg ins Innere frei. Nicole überquerte die Schwelle und tauchte ein in eine andere Welt: Der Innenraum bestand aus einem einzigen langen und hohen Raum. Links und rechts befanden sich an den Wänden in regelmäßigen Abständen etwa vier Meter über dem Fußboden Fenster, in denen sich unzählige bunte Glasscheiben befanden, die irgendwelche historischen oder religiösen Szenen darstellten.

Die Decke war bemalt mit einem riesigen Gemälde, das die Apokalypse zeigte. Die Farben waren zwar verblasst im Laufe der Jahrhunderte und Risse liefen überall durch die Darstellung, aber ihre ursprüngliche Schönheit und Kraft waren noch immer erkennbar. Der

Altar dagegen war schlicht und aus einfachem Holz. Er schien so gar nicht zu dem restlichen Innern zu passen. Ebenso wenig wie das große, vergoldete Kreuz, das sich hinter dem Altar mehrere Meter in die Höhe erhob. Es gab keine Orgel, keine Empore, keine Säulen.

Der gesamte Innenraum hatte eine Länge von vielleicht 20 Metern und eine Höhe von etwa der Hälfte. Doch wirkte alles viel größer und weiter. Besonders die Glasfenster faszinierten Nicole. Zusammengesetzt aus einer Unzahl von kleinen Glasstückchen bildeten sie perfekte Figuren und Landschaften. Gleich links von ihr sah man drei spanische Schiffe aus der Zeit der Konquistadoren, wie sie über das große Meer fuhren. Auf dem Fenster daneben fand sich die Darstellung einer alten Karte des amerikanischen Kontinents. Das nächste Fenster zierten drei Ritter in schillernden Rüstungen. Nicole konnte sich gar nicht sattsehen. Schade, daß Thomas das nicht sehen kann, dachte sie und schritt weiter an den Fenstern vorbei, bis sie den Altarraum erreicht hatte. Jetzt stand sie direkt vor dem kleinen Altar und dem großen Kreuz.

Nachdem sie alles ausführlich betrachtet und in sich aufgenommen hatte, setzte sie ihren Weg fort und schritt die Fenster an der rechten Innenseite ab: Die ersten stellten irgendwelche historischen Ereignisse dar, deren Bedeutung ihr nicht bekannt war. Dann blieb sie abrupt stehen und ihr Atem beschleunigte sich zusehends: Auf dem Fenster vor ihr waren drei Wappen abgebildet. Das erste zeigte auf rotem Grund einen goldenen Ring. Das zweite Wappen wurde durch einen goldenen Balken, der von links unten nach rechts oben lief in zwei gleich große Felder geteilt. Das linke Feld war dunkelblau und enthielt mehrere Sterne. Das rechte Feld war rot und zeigte mehrere weiße Vögel, die einen Kreis bildeten. Auf dem dritten Wappen, das einen dunkelblauen Hintergrund hatte, war ein silbernes Kreuz, das es in vier Felder teilte. Nicole starrte auf das zweite Wappen und murmelte:

„Nimm den Ring des Schwan, den Ring des Schwan…" Dann schlug sie sich die linke Hand an die Stirn und rief: „Natürlich!"

Erschreckt über den Widerhall ihrer eigenen Stimme wandte sie sich um: Sie war allein. Erleichtert atmete Nicole auf und verließ die Kirche, um Thomas ihre Entdeckung mitzuteilen.

Als Pablo den befreiten Gefangenen, der ein Junge war, in sein Auto beförderte, schienen alle seine Sorgen beendet zu sein. Er wollte ihn eigentlich auf dem schnellsten Weg zu Don Martinez bringen. Je länger er über diesen Plan und seine Situation nachdachte, desto mehr Zweifel kamen ihm: Der Junge war seine Lebensversicherung. Sobald er ihn an Don Martinez ausgeliefert hatte, war er allein von dessen gutem Willen abhängig. Da hatte er, wieder einmal, eine Idee: Er wollte den Jungen in seine Wohnung bringen und dann alleine zu Don Martinez fahren um ihm den Erfolg zu melden und noch ein oder zwei Tage Zeit heraus zu schinden, in denen er das Vertrauen des Jungen gewinnen wollte, um so an den Ring zu kommen. Pablo ging fest davon aus, daß der Junge ihn haben mußte. Alles passte zusammen.

Pablo bog nach rechts in die Avenida Mendoza ein und lächelte. Pablito hatte die ganze Zeit geschwiegen und vor sich hin gestarrt.

„Wo fahren wir hin?" fragte er nun.

„Ganz ruhig, mein Junge, ich bin dein Freund. Ich bringe dich an einen sicheren Ort. Du mußt nur etwas

Geduld haben."

„Warum tun sie das, Señor?" Pablito schaute ihn fragend an.

„Für deine Freunde!" sagte Pablo, „ich kenne sie sehr gut. Sie haben mich geschickt."

Pablito sah ihn misstrauisch an: „Ich kenne sie doch, Señor!"

Pablo verzog keine Miene.

„Natürlich! Sie waren im Hotel. Sie haben das Zimmer durchsucht. Sie sind nicht ihr Freund", Pablitos Stimme wurde lauter, „ich will nicht an diesen sicheren Ort!" Pablito versuchte, die Tür des Wagens zu öffnen, was ihm nicht gelang. „Lassen sie mich raus, Señor, bitte! Ich werde auch nichts der Polizei sagen!" Pablito sah ihn flehend an.

„Du gehst nirgendwo hin, du kleiner Bastard", sagte Pablo und grinste. Pablito sah in ein kaltes, grausames Gesicht. „Bete, daß ich dich nicht gleich beseitige. Du bist nur Ballast, nichts weiter."

„Señor, ich sage wirklich nichts, ich verspreche es, bitte!" Tränen liefen über Pablitos Wangen.

„Sei still, bis wir da sind, dein Gewimmere geht mir auf den Wecker!" Pablo klang gereizt.

„Señor, nein!"

„Was tust du?"

In seiner Verzweiflung hatte sich Pablito an Pablos rechten Arm geklammert und versuchte, ihn vom Lenkrad zu ziehen.

„Laß das, du bringst uns noch beide um!"

„Nein, Señor, nein!" wimmerte Pablito.

„Nimm deine Hände endlich da weg!" Pablo versuchte, Pablito abzuschütteln, vergeblich. Er begann zu schwitzen. „Na gut, du hast es so gewollt!" Mit seiner linken griff Pablo in das Seitenfach seiner Tür und zog einen Schraubenzieher hervor, mit dem er versuchte, auf Pablitos Arm einzustechen. „Verdammt!" Pablo schrie entsetzt auf und trat die Bremse durch. Mit einem lauten Quietschen kam der Wagen zum Stehen: direkt vor einem LKW, der aus dem Nichts vor Pablo aufgetaucht war. „Idiot!" rief Pablo durch sein Seitenfenster und hielt die linke Hand mit dem Schraubenzieher aus dem Fenster. Pablito erfasste blitzschnell die Situation, riß die Beifahrertür auf und rannte davon.

Laut fluchend legte Pablo den Rückwärtsgang ein, setzte zurück und fuhr über den Bürgersteig in die Straße, aus der der LKW gekommen war. Gleich hinter der Kreuzung stoppte er, stieg aus und nahm Pablitos Verfolgung auf.

„Du bist ein einfältiger Trottel, Manolito!" Francesco war außer sich. Die beiden Männer standen vor der kleinen Bude.

„Ich war nur eine Minute weg, nur eine Minute, Don Francesco." Manolito sah flehend zu dem Mann auf, der ihn mehr als einen Kopf überragte, „der Junge hat euch genau beschrieben, ich habe keinen Verdacht geschöpft."

„Schon gut", sagte Francesco und schlug mit seinem Stock gegen die Wand der kleinen Hütte, „es ist nun mal passiert. Reiß dich zusammen und denk´ nach: Ist dir noch irgendetwas aufgefallen?"

„Nein, nichts weiter, oder doch", Manolitos Augen glänzten, „da saß so ein Mann, ein Stück weiter, da hinten." Manolito zeigte zu der Stelle, an der Pablo gesessen hatte.

„Was für ein Mann?" wollte Francesco wissen.

„Als ich zurückgekommen bin war er weg und der

Junge auch."

„Wie sah er aus", hakte Francesco nach, „gib´ dir Mühe!" Manolito tat sein bestes und beschrieb den Mann auf der Bank. Die Muskeln in Don Francescos Gesicht spannten sich an: „Ich glaube, ich kenne diesen Mann", zischte er, „das ist nicht gut. Das ist gar nicht gut." Er schüttelte seinen Kopf hin und her. Manolito war völlig in sich zusammengesunken und wirkte so noch kleiner, als er ohnehin schon war. „Gut, Manolito", Manolito zuckte zusammen, „du kannst nach Hause gehen, deine Aufgabe hier ist beendet für den Augenblick. Geh zu deiner Frau und deinen Kindern, aber halte dich bereit. Vielleicht brauche ich dich in nächster Zeit noch einmal!"

„Gracias, Don Francesco. Vielen Dank", stammelte Manolito dankbar und entfernte sich rückwärtsgehend. Nach ein paar Metern drehte er sich um und rannte, so schnell ihn seine kurzen Beine trugen.

Francesco griff in die linke Innentasche seines Mantels und zog sein Telefon hervor.

„Anna? - Francesco. Ist Don Alfredo zu sprechen? - Gut, ich warte." Francesco ließ seinen Blick über den Platz schweifen. „Was jetzt?" dachte er. „Alfredo? - Es ist etwas passiert. - Nein, schlimmer: Sie haben Pablito!" Francesco senkte seine Stimme: „Ich habe eine Vermutung. - Nein, darüber will ich noch nicht reden. Ich wollte nur, daß du informiert bist. - Ja, Alfredo, mach´ dir keine Sorgen. Sobald ich etwas weiß, melde ich mich sofort. - Dir auch."

Francesco ging auf und ab, dann drückte er wieder auf die Tasten seines Telefons:

„Gomez? - Francesco. Wie geht es dir, amigo? - Das freut mich. Ich habe da ein kleines Problem, bei dem du mir vielleicht behilflich sein kannst - Si, es geht um

Folgendes: Ich suche jemanden - nein, weder seinen Namen noch seine Adresse. Ich kann ihn dir nur beschreiben…" Francesco beschrieb Pablo so gut er konnte, bedankte sich bei Gomez und schloß die Klappe seines Telefons. Dann ließ er es in der Innentasche verschwinden und ging schnellen Schrittes zu seinem Wagen.

Montag, 13. April

Susanne schmatzte munter vor sich hin: „Und du meinst wirklich, es ist ihnen nichts passiert?"

Andreas schaute Susanne durch die frisch geputzten Gläser seiner Brille an: „Natürlich nicht. Du hast doch gehört, was Anna gesagt hat, sie haben gestern Abend hier angerufen…"

„Ja, schon", Susanne machte eine Kaupause, „aber, wenn das nicht stimmt?"

„Warum sollte das nicht stimmen?"

„Also nach allem, was uns bisher passiert ist, wäre das nicht weiter verwunderlich."

„Sei doch nicht so pessimistisch, Susi."

Susanne verschluckte sich: Susi! So hatte sie ihre Mutter als kleines Mädchen gerufen. Sie hatte das gehasst. Sie schaute Andreas nachdenklich an: der schlürfte gerade seinen Kaffee und sie konnte nichts in seinem Blick entdecken, daß auf eine Gemeinheit seinerseits schließen ließ. Susanne beschloß, daß „Susi" für den Augenblick in Ordnung ist.

„Ich bin nicht pessimistisch", sagte sie, „nur realistisch!"

„Gut, dann sei eben nicht so realistisch", Andreas griff nach einem der köstlichen kleinen Brötchen. „Toll diese kleinen Dinger, oder?"

„Lenk´ jetzt nicht ab!" sagte Susanne, „aber, du hast recht, sehr lecker" und dabei griff sie ebenfalls ein weiteres Mal in den kleinen Strohkorb.

„Du denkst also, man könnte uns belogen haben?" setzte Andreas das Gespräch nach einigen Augenblicken fort.

„Es ist doch, Moment", Susanne zeigte auf ihren

Mund, „erst unerauen", brachte sie hervor.

„Laß dir nur Zeit, davon haben wir sehr viel im Moment." Andreas Stimme klang ein bißchen wehmütig.

„Was ist?" Susanne wirkte verwundert, „gefällt es dir hier nicht? Ist doch viel schöner als in dem Hotel. Es gibt Brötchen und alles, so viel man will und wir zahlen keinen Pfennig dafür."

„Peso."

„Was?"

„Keinen Peso."

„Du ewiger Besserwisser", stöhnte Susanne, „dann eben keinen Peso. Von mir aus."

„Doch, Susi, es gefällt mir alles sehr gut. Es ist nur…" Er machte eine kleine Pause und seine Augen schienen einen imaginären Punkt irgendwo hinten in dem großen Raum zu fixieren. „Es ist nur, daß wir, Thomas und ich, das alles ganz anders geplant hatten. Wir wollten so viel von dem Land sehen: den Urwald, die Llanos, die Anden, das Meer! Wir hatten uns das alles so schön ausgemalt. Und nun sieht es so aus, als wenn wir unseren gesamten Urlaub in dieser Stadt verbringen werden." Andreas wirkte deprimiert.

„Sieh´s doch mal von der Seite: Ihr habt uns kennengelernt!" versuchte sie, Andreas aufzumuntern.

Der schaute sie mit einem nicht gerade vor Begeisterung strotzenden Blick an: „Ein Unglück kommt eben selten allein!"

Susannes Gesichtszüge versteinerten und man konnte trotz ihrer dicken Brillengläser förmlich sehen, wie es in ihren Augenwinkeln feucht zu werden begann.

„Susi, ich…" begann Andreas.

„Und nenn mich nicht immer Susi, ich hasse das!" schluchzte Susanne, die ihre Tränen kaum noch zurückhalten konnte.

„Das war nicht so gemeint." Andreas schämte sich für seine dumme Bemerkung, die er leider nicht mehr ungeschehen machen konnte. „Susi-sanne", sagte er in einem möglichst nett klingenden Tonfall, „komm, nimm noch eins von den kleinen Dingern, sonst isst du doch viel mehr!"

„Du Widerling!" schniefte Susanne und jetzt liefen ihr die Tränen ungebremst über das Gesicht, „ich esse nun mal gerne! Na und? Dafür bin ich nicht so verknöchert wie du!" Damit stand sie auf, stampfte mit ihrem linken Fuß auf den Boden und schob geräuschvoll ihren Stuhl zurück, der polternd zu Boden fiel. „Mach doch, was du willst, ich gehe jetzt!" Damit ging sie auf die große Flügeltür zu.

Andreas schaute ihr hinterher:

„Ich…Wohin?" brachte er noch hervor, bevor sich die Tür geräuschvoll hinter Susanne schloß.

Etwa zur gleichen Zeit, als Susannes Stuhl polternd zu Boden fiel, läuteten in einem grünen Tal, das von einem kleinen Fluss durchflossen wurde, die Kirchenglocken.

Thomas öffnete die Augen. Sein Blick fiel auf die weiße Decke des Raumes. Langsam erinnerte er sich: Nicole war in der kleinen Kirche, während er sich draußen die Umgebung angesehen hatte. Dabei war er zu dem Gebäudekomplex, der nur ein paar Steinwürfe entfernt lag, gelangt. Zu seinem Bedauern hatte es sich nicht um ein Ausflugslokal oder etwas in der Art gehandelt. Weiße Mauern, die oben von Zinnen aus roten Dachziegeln begrenzt wurden, liefen rund um einen großen Innenhof, in den man durch ein schmiedeeisernes Tor gelangte. Das Tor war geöffnet und niemand zu sehen. Also hatte Thomas neugierig den Innenhof betreten: links und rechts zogen sich flache Bauten an der Mauer entlang, die wahrscheinlich Stallungen waren. In unregelmäßigen Abständen befanden sich kleine Luken in Augenhöhe in den Mauern und jeweils am Anfang und Ende gab es eine Art Tor. Die weite Innenfläche bestand aus rotem Sandboden. Im Zentrum befand sich eine Statue, die von einem flachen Gitterzaun umgeben war. Dahinter, an der dem Tor gegenüberliegenden Seite, erhob sich ein sehr langes, zweistöckiges Gebäude, das in der Mitte von einem kleinen Turm gekrönt wurde.

Es gab nur ein großes Eingangsportal unter dem Turm. Links und rechts befanden sich einige große Fenster, die über beide Etagen gingen. Daran schlossen sich lange Reihen kleiner Fenster an, die alle eine Größe hatten. Noch immer war niemand zu sehen.

Die Sonne brannte zu dieser Tageszeit vom Himmel und Thomas hatte ein gewisses Durstgefühl verspürt. Seine Augen waren noch einmal über den Innenhof gewandert. In der linken hinteren Ecke hatte er etwas entdeckt, das wie ein Brunnen aussah und beschlossen, dorthin zu gehen.

Seine Vermutung hatte sich als zutreffend erwiesen. Nachdem er seinen Durst gestillt hatte, hatte er sich auf eine hölzerne Bank gesetzt, die ein Stück weiter an einer der Stallwände stand und die Augen geschlossen.

Er wußte nicht genau, wie lange er so gesessen hatte, bis er Nicoles aufgeregte Stimme gehört hatte. Langsam hatte er die Augen geöffnet und gesehen, wie sie gerade durch das große Tor den Innenhof betreten hatte. Er war aufgestanden und hatte ihr zugewinkt. Nachdem sie ihn gesehen hatte, beschleunigte sie ihren Schritt und bewegte sich in seine Richtung:

„Du ahnst nicht, was ich gesehen habe!" hatte sie

gerufen.

Er war nicht der Einzige, dessen Aufmerksamkeit sie auf sich gezogen hatte. Eines der großen Fenster war geöffnet worden und ein Kopf, der von einer Art Haube umrahmt wurde, hatte Ausschau nach dem Urheber der Unruhe gehalten. Einen Moment und einen Aufschrei später, war der Kopf verschwunden und noch einen Moment später hatte sich das Tor in der Mitte des großen Gebäudes geöffnet und mehrere behaupte Personen ausgespien, die sich auf ihn und Nicole zubewegten.

Nicole hatte von alldem nichts bemerkt. Ihre ganze Aufmerksamkeit hatte ihm gegolten.

„Nicole, da!" hatte er gerufen und mit seinem Arm in die Richtung der herannahenden Armada gezeigt. Nicole war der Richtung seines Armes mit ihrem Blick gefolgt und hatte die Gruppe wahrgenommen, die schnell näherkam.

„Oh, hallo! Guten Tag, ich bin Nicole, das ist mein, äh, Freund", sie hatte auf ihn gezeigt, „wir sind Touristen und auf einem Ausflug."

Sie war der Gruppe entgegengegangen und hatte eine längere Unterhaltung mit einer der, wie er später erfahren hatte, Nonnen, geführt. Dann hatte sie ihm ein Zeichen gegeben, zu ihr zu kommen. Etwas unwillig hatte er ihrer Aufforderung Folge geleistet.

Es stellte sich heraus, daß die Anlage in der sie sich befanden ein Kloster war. Die Nonnen waren keine Fremden gewohnt. Nur sehr selten verirrte sich jemand in ihr Tal. Deshalb war die Aufregung entstanden. Nachdem Nicole ihnen erklärt hatte, wie und warum sie hiergelangt waren und wessen Gast sie waren, war aller Argwohn von ihnen abgefallen und sie hatten sie eingeladen, zum Essen zu bleiben.

Ein Klopfen an der einfachen Holztür riß Thomas aus

seinen Gedanken.

„Herein", sagte er. Die Tür wurde geöffnet und ein schmächtiger bärtiger Mann erschien in der Tür:

„Ich soll dem Señor ausrichten, daß die Señorita im Speisesaal auf ihn wartet."

„Gracias", sagte Thomas und verließ die Holzpritsche, auf der er die Nacht verbracht hatte. Vor dem kleinen Fenster stand ein einfacher Holztisch auf dem sich eine große eiserne Kanne und eine Emailleschüssel befanden. Er ließ etwas von dem Wasser aus der Kanne in die Schüssel laufen und wusch sich das Gesicht und die Hände. Dann zog er sich an und verließ den Raum um in den Speisesaal zu gehen, in dem Nicole auf ihn wartete.

Andreas fühlte sich hundeelend: Was hatte er da bloß angerichtet! Hätte er doch nur sein loses Mundwerk gehalten. Er mochte Susanne. Eigentlich mochte er sie sehr, das hatte er gestern im Museum wieder gemerkt, als dieser Antonio aufgetaucht war. Wie der sie angehimmelt hatte! Und ihr schien das zu gefallen. Am Anfang hatte sie sich noch an seinem Arm eingehakt, aber schon nach ein paar Bildern hatte sich das geändert: den ganzen restlichen Tag war sie nicht von Antonios Seite gewichen. Dieses dauernde Gekicher und Köpfe Zusammenstecken hatte ihn ganz nervös gemacht. Dann hatte Antonio sie noch zum Essen eingeladen. Das ihm so etwas nicht eingefallen war! Vor allem, wo Susanne doch so viel für Speisen und Getränke jeglicher Art übrig hatte. Sie war begeistert von der kleinen Bodega, in die sie Antonio geführt hatte. Anschließend hatte er noch darauf bestanden, die beiden, wohl eher sie, bis zu Don

Alfredos Haus zu begleiten. „Die Stadt ist gefährlich nach Einbruch der Dunkelheit", hatte er gesagt. Das wußten sie bereits, dachte er. Bis vor das Tor in der weißen Mauer hatte er sie begleitet und wenn nicht Anna sie gehört und von Innen geöffnet hätte, wer weiß, was dann noch alles geschehen wäre.

Anna hatte ihnen dann ausgerichtet, daß eine Nonne, das jedenfalls hatte er verstanden, angerufen hatte. Nicole und Thomas blieben die Nacht dort; wo auch immer „dort" war und sie bräuchten sich keine Sorgen zu machen.

Bis zu Susannes Bemerkung hatte das auch für ihn zugetroffen: Warum sollten die beiden nicht woanders übernachten? Sie waren alt genug. Antonio hatte es gesagt: Die Stadt ist gefährlich in der Dunkelheit. Je länger er jedoch über Susannes Worte nachdachte, desto mehr Zweifel kamen ihm: erst Pablito, der wie vom Erdboden verschluckt war und nun Thomas und Nicole.

Andreas stocherte mit seinem Messer in einem der Brötchen rum: Und was hatte er getan? Anstatt mit Susanne zusammen die Situation zu analysieren und zu überlegen, was zu tun wäre, verärgerte er sie derart, daß er nun ganz alleine dastand. Seine Pupillen weiteten sich: Susanne war völlig kopflos aus dem Raum gestürmt. Was würde sie nun tun? Wo würde sie hingehen? Er mußte versuchen, sie zur Besinnung zu bringen, das war er ihr schuldig.

Andreas stand auf und ging zu Susannes Stuhl, der noch immer auf dem Boden lag. Er bückte sich, um ihn an seinen Platz zurückzustellen. Kaum hatte er die Lehne angehoben, als ihm ein:

„Das gibt es doch nicht!" entfuhr.

Wie hypnotisiert schaute er auf das Muster am Boden, das ihm bisher noch nicht aufgefallen war: Es

zeigte abwechselnd einen Kreis und einen Vogel.
„Kein Adler!" rief er, „ein Schwan! Es ist ein Schwan!"
Aufgeregt ging er in dem Raum hin und her:
„Wie war das noch gleich: Ring mit Vogel, Schwan
und Ring. So ähnlich. Ich muß Thomas fragen, der weiß
das bestimmt noch." Andreas blieb stehen: „Anna! Sie
wird wissen, wo Nicole und Thomas genau sind. Ich
werde sie fragen."

Die trüben Gedanken waren wie weggeblasen und
Andreas dachte für ein paar Augenblicke nur noch an
seine Entdeckung. Als er die Tür öffnete, fiel ihm
Susanne ein:
„Erst muß ich Susanne finden. Das andere hat Zeit."

Pablo sah sich um: Es war ihm niemand gefolgt. Sein
Atem ging keuchend. Er kannte diese Gegend sehr gut.
Er kannte viele Ecken der Stadt, in der er
aufgewachsen war. Das kam ihm jetzt zu Gute. Wenn
alles gutging, war er in ein paar Minuten in Sicherheit;
zumindest für's Erste.

Nach zwei Minuten hatte sich Pablos Atem
normalisiert. Langsam löste er sich von der
Häuserwand in der Seitenstraße und trat zurück auf die
Avenida del Norte, die schon am frühen Morgen
ziemlich belebt war. Mit den vielen Menschen um sich
herum fühlte er sich sicherer. Trotzdem musterte er
jeden Vorbeikommenden argwöhnisch und seine rechte
Hand umklammerte wieder das Messer, jederzeit zum
Zustoßen bereit.

„Endlich!" dachte er, als er ein paar Minuten später
ein rotes Backsteingebäude an der nächsten
Straßenecke sah. Er bog in die Querstraße ein, deren
Asphaltbelag nur noch aus großen, einzelnen Stücken

zwischen riesigen Schlaglöchern zu bestehen schien. Links und rechts zogen sich flache Lagerhallen die Straße entlang. Auf der Höhe einer der Türen blieb Pablo stehen und stieg die zwei Stufen zu einem Kellereingang hinunter. Nachdem er sich vergewissert hatte, daß ihn niemand beobachtete, öffnete er die Tür in wenigen Sekunden mit seinem Dietrich und verschwand im Innern des Gebäudes.

Der Raum war in mattes Licht getaucht, das durch zwei kleine Fenster links und rechts der Tür drang. Es war ein ziemlich großer und ziemlich leerer Raum. Das Einzige, was sich in ihm befand, war ein altes eisernes Bettgestell, auf dem sich eine mottenzerfressene Matratze befand. Pablo ließ sich der Länge nach auf das Gestell fallen und starrte an die Decke.

„Verdammt!" sagte er und warf den Rest seiner Zigarette in eine Ecke des Raumes. Bevor er sich eine neue anzündete, wischte er sich mit seinem Taschentuch über die feuchte Stirn. „Warum muß das mir passieren, warum?" Seine Finger zitterten und es gelang ihm kaum, die Zigarette ruhig an seinen Mund zu führen.

Erst eine halbe Stunde und fast eine Schachtel später hatte er sich soweit beruhigt, daß er die Ereignisse der letzten achtzehn Stunden an seinem geistigen Auge vorbeiziehen lassen konnte.

Sein Leben war keinen Pfifferling mehr wert. Jetzt konnte ihn wirklich nur noch ein Wunder retten. Es war nur eine Frage der Zeit, bis die Leute von Don Martinez ihn fänden.

„Dieser kleine Dreckskerl!" zischte Pablo. Fast drei Häuserblocks war er Pablito gefolgt und als er ihn fast eingeholt hatte, da mußte dieses verdammte Auto den Bengel erwischen! Es hatte einen lauten Knall gegeben, ein paar Passanten hatten entsetzt aufgeschrien und so eine dicke, ältliche Frau war sofort über ihm und rief immer wieder „Poor Boy!" Pablo hatte versucht, sich einen Weg durch den Menschenauflauf zu bahnen. Vergeblich. Die Frau fuchtelte ununterbrochen mit ihren Armen und schrie etwas von einem „Ortschwein" und der „Polizei". Die tauchte auch wenige Augenblicke später auf. Pablo zog es vor, zu verschwinden. Im Gehen sah er noch, wie der Junge in einem Krankenwagen abtransportiert wurde.

Drei umliegende Krankenhäuser hatte Pablo erfolglos nach Pablito abgesucht. Also hatte er beschlossen, in seine Wohnung zu fahren, ein paar Sachen zusammenzupacken und schleunigst unterzutauchen.

Kaum hatte er das Haus erreicht, in dem er ein kleines Appartement im ersten Stock bewohnte, als er schon die Stimme von Doña Esmeralda vernahm. Doña Esmeralda war seine Wirtin. Ihr Mann hatte ihr das heruntergekommene, zweistöckige Haus hinterlassen. Sie selber war in etwa so hoch wie breit und saß die meiste Zeit des Tages in einer Art Schaukelstuhl auf der kleinen Veranda neben dem Eingang. Ihr entging nichts.

„Guten Morgen, Señor Pablo!" hatte sie gesagt, „zurück von der Geschäftsreise?"

„Ja, Señora, ja" hatte er geantwortet und wollte im Haus verschwinden.

„Ihre Freunde sind schon da!" rief sie ihm hinterher. Pablo blieb wie erstarrt stehen:

„Meine Freunde?"

„Si, die beiden netten Herren. Sie sind vor einer Stunde gekommen. Sehr nette Señores, Señor Pablo. Ich wollte sie auf ein Glas einladen, aber sie wollten lieber oben auf sie warten. Señor Pablo?" Doña Esmeralda richtete sich auf, soweit es ihre Körperfülle zuließ und schaute verständnislos in die Richtung, in der Pablo davongerannt war.

„**N**a, wie hast du geschlafen?" Nicole saß auf einem der hölzernen Schemel an dem großen Tisch, der sich über die ganze Länge des Speisesaales hinzog. Außer einem großen hölzernen Kreuz an der einen Längswand fehlte jeglicher Wandschmuck. Der Boden bestand aus grob behauenen Steinen und die Einrichtung des Raumes aus eben jenem Tisch und den beiden Reihen hölzerner Schemel an dessen Seiten. Thomas setzte sich gegenüber von Nicole, die eine Metallschüssel mit einer Art Suppe und einen halben Brotlaib vor sich zu stehen hatte.

„Das ist ganz anders als bei Don Alfredo, nicht?" sagte sie und lächelte.

„Ja, ganz anders", sagte Thomas.

Eine Nonne betrat den Raum und stellte wortlos eine Schüssel vor Thomas auf den Tisch. Danach verließ sie den Saal wieder.

„Die Nonnen haben schon gegessen. Sie beginnen ihr Tagewerk sehr zeitig."

Thomas nickte und brach sich ein Stück von dem Brot ab.

„Was ist das?" Thomas zeigte auf den Inhalt der Schüssel vor sich.

„Das ist Milchsuppe". Nicole lächelte ihn an und stippte ihr Brot in den Inhalt ihrer Schüssel.

Thomas tat dasselbe:

„Sehr gut und sehr anders", sagte er und verzog sein Gesicht, nachdem er es Nicole gleich getan hatte. Er dachte an das hervorragende Frühstück, das sie gestern beim Don zu sich genommen hatten.

„Nun iss schon! Das gehört sich so!" Nicole sah ihn

aufmunternd an, „ist gar nicht so übel, wenn man die ersten Bissen hinter sich hat." Sie lächelte ihn so bezaubernd an, daß er nicht anders konnte, als ihrer Aufforderung Folge zu leisten.

Warum Andreas es tat, wußte er nicht, aber nachdem er einen Zettel für Thomas in ihrem Zimmer hinterlassen hatte, wandte er sich nach rechts und schlich zum Zimmer von Nicole und Susanne.

„Vielleicht findet sich ein Hinweis, wo sie ist", dachte er. Vorsichtig öffnete er die Tür und steckte seinen Kopf durch den Spalt zwischen Tür und Angel.

„Geh weg!" rief eine bekannte Stimme und gleich danach traf ihn etwas Weiches am Kopf.

„Au, du dumm…" Andreas biss sich auf die Zunge, „du, du mußt mir zuhören, Susanne!" vollendete er seinen Satz.

„Warum sollte ich so einem Scheusal wie dir zuhören?"

„Weil du genauso neugierig bist wie ich!" sagte er und grinste.

„Ich bin nicht neugierig, du schon." Susannes Stimme klang schon etwas zugänglicher.

„Darf ich reinkommen ohne unter weiteren Beschuss zu geraten?"

„Na gut. Aber nicht zu nahe!"

Langsam betrat Andreas das Zimmer:

„Ich muß die Tür schließen - was ich zu sagen habe, muß hier niemand sonst hören." Sagte er vorbeugend, um Susannes Gedanken nicht in eine falsche Richtung zu lenken. Zusätzlich gab er seiner Stimme einen geheimnisvollen Klang. Susannes Neugier war geweckt:

„Nun mach schon", sagte sie und kroch an den Rand ihres Bettes auf dem sie lang ausgestreckt auf dem Bauch gelegen hatte. Nachdem sie sich aufgesetzt und ihre Haare aus dem tränenverschmierten Gesicht gewischt hatte, nahm sie ihre Brille vom Nachttisch und schaute Andreas an, der noch immer nahe der Tür stand:

„Nun?" sagte sie fordernd.

„Also, da unten", begann er, „ich wollte deinen Stuhl aufstellen und da habe ich den Boden gesehen."

Susanne sah ihn fragend an:

„Wenn das ein Trick sein soll, um dich bei mir einzuschleimen…", begann sie.

„Nein, wart´s doch ab!"

„Also?"

„Da sind Kreise und Vögel am Boden!"

"Kreise und Vögel? Und?"

„Ja, Kreise und Vögel! Verstehst du: Vögel!" Andreas strahlte, als wenn er gerade Troja entdeckt hätte. An ihrer Miene konnte er ablesen, daß sie nicht verstanden hatte, worauf er hinauswollte.

„Ich glaube, die Vögel hast du!" sagte sie und ließ ihre Hand um ihr Gesicht kreisen.

„Der Ring, du erinnerst dich an den Spruch mit dem Schwan?" versuchte er es noch einmal.

„Ja, aber was hat der Ring damit zu tun. Da ist doch ein Adler drauf", sagte Susanne enttäuscht.

„Eben nicht!" Andreas Augen funkelten jetzt richtig.

„So kenne ich dich gar nicht!" sagte Susanne überrascht mit leuchtenden Augen.

„Wie?"

„Ach, nichts, erzähl weiter."

„Wir haben das für einen Adler gehalten. Es ist ein Schwan!"

„Gut, also ein Schwan. Und?"

„Verstehst du noch immer nicht?"

„Nein, kein bißchen."

„Ring und Schwan, der Spruch!"

Susannes Augen wurden groß. Jetzt hatte sie verstanden:

„Das ist ja Wahnsinn! Bist du sicher?"

„Ja."

„Hast du es überprüft?"

„Das geht nicht", Andreas zuckte resigniert mit den Achseln und setzte sich neben Susanne auf das Bett, „Thomas hat das Ding irgendwo versteckt und ich weiß nicht, wo." Er stützte die Arme auf seine Oberschenkel und vergrub sein Gesicht in den Händen.

„Laß den Kopf nicht hängen", hörte er Susanne sagen, „das ist eine Entdeckung, die uns bestimmt weiterhilft!" Andreas spürte, wie sich ein Arm um seine Schultern legte. „Ich habe auch eine Entdeckung gemacht, gestern", sagte Susanne.

Andreas hob leicht seinen Kopf: „Das Bild im Museum! Ich erinnere mich."

„Genau das. Ich wollte dir noch davon erzählen, aber dieser Antonio hat die ganze Zeit wie eine Klette an mir gehangen."

Andreas horchte auf: „Das hat auf mich aber einen ganz anderen Eindruck gemacht!" sagte er nachdenklich.

„Was sagtest du?"

„Ach, nichts, erzähl´ weiter, bitte".

„Jedenfalls habe ich es dann vergessen, weil es schon so spät war und mich das mit Nicole und Thomas beschäftigt hat. Beim Frühstück wollte ich es nachholen, aber das hat sich dann ja auch erledigt." Susanne nahm die Hand von seiner Schulter und schaute vor sich auf den Boden.

„Es tut mir leid. Wirklich", sagte Andreas und

versuchte, seiner Stimme einen möglichst bedauernden Tonfall zu verleihen.

„Sprechen wir nicht mehr davon!"

„Wirklich?"

„Wirklich."

„Hand drauf?" Andreas hielt Susanne seine rechte Handfläche hin.

„Hand drauf", sagte Susanne und schlug ein.

Beide sahen sich einen kurzen Moment in die Augen. Dann berichtete Susanne von ihrer Entdeckung.

„**W**o ist er?" Don Martinez schlug mit der Faust auf den Schreibtisch. Sein Gesicht war zornesrot. „Heute ist Montag! Ich sagte: drei Tage!" Er sah den Mann, der links neben ihm an der Tür stand an: „Ich habe doch `drei Tage´ gesagt, José? Habe ich drei Tage gesagt?"

„Si, Don Martinez, drei Tage." José trug wie immer seine dunkle Sonnenbrille. Trotzdem sah man, daß er schwitzte. Seine Hand nestelte an seinem Hemdkragen. So wütend hatte er Don Martinez schon lange nicht gesehen.

„Irgendjemand muß doch etwas von Pablo gehört haben?"

„Keiner hat ihn gesehen, Don Martinez, alle unsere Leute sind informiert und suchen nach ihm."

„Sie suchen nach ihm? Das ist ja phantastisch." Don Martinez erhob sich: „Und, werden sie ihn auch finden? Was meinst du, José?"

José versuchte, ruhig zu bleiben und seine Nervosität nicht zu zeigen:

„Sie tun ihr Bestes. Sie werden ihn finden. Es ist nur eine Frage der Zeit."

„Wir haben aber keine Zeit, José." Die Augen des

Don funkelten: „Geh´, finde ihn!" José sah den Don ungläubig an. „Worauf wartest du? Verschwinde, los! Und komm ja nicht ohne ihn zurück!"

Don Martinez wandte José den Rücken zu und blickte aus dem Fenster in den Garten. Er hörte, wie sich die Tür schloß und einige Minuten später sah er José, gefolgt von drei anderen seiner Leute, wie er den Weg zu den Wagen hinunterging. Er lächelte zufrieden.

„Bernardo!" Ein Mann vom Typ des frühen Sylvester Stallone löste sich aus dem Hintergrund des Raumes:

„Si, Don Martinez."

„Du weißt, was du zu tun hast!"

„Si", Bernardo neigte kurz seinen Kopf und verließ dann ebenfalls das Zimmer und kurz darauf die Villa.

Don Martinez stand jetzt direkt am Fenster:

„José, José", murmelte er und bewegte dabei seinen Kopf von links nach rechts.

„Das ist ja noch viel besser als das, was ich entdeckt habe!" Andreas sah Susanne bewundernd an. „Es ist wirklich unser Kreuz?"

„Es sieht genauso aus."

„Wir müssen nochmal hin, mit dem Kreuz!"

„Und wenn es jemand sieht?"

„Richtig…" Man sah förmlich, wie Andreas nachdachte.

„Foto!" sagte Susanne, „wir machen ein Foto!"

„Das ist einfach genial im wahrsten Sinne des Wortes! Warum bin ich nicht darauf gekommen!" Andreas sah Susanne wieder an: „Was für ein kluges Mädchen du doch bist!"

Susanne lächelte und sah sehr glücklich aus.

Nicole und Thomas schlenderten durch das kleine Tal, das von der Vormittagssonne in ein helles, warmes Licht getaucht wurde.

„Wir hätten eine Kamera mitnehmen sollen", sagte Nicole, „dann hätten wir die Fenster fotografieren können."

„Ja, das wäre leichter gewesen", stimmte Thomas ihr zu, „aber deine Idee hat doch ihren Zweck erfüllt." Er lächelte sie an: „Ein Glück, daß du so gut zeichnen kannst!"

„Und, daß die Nonnen uns Papier und Bleistift geborgt haben."

„Das war sehr nett und aufschlussreich."

„Wieso aufschlussreich?"

„Na, dieses: Für Freunde von Don Alfredo tun wir das doch gerne. Wie oft haben wir das gehört?"

„Stimmt, ziemlich oft."

„Was hat Don Alfredo mit dem Kloster zu tun?"

„Wir hätten fragen können."

„Warum haben wir nicht?"

„Keine Ahnung, zu einfach?" Thomas sah Nicole an, die stehen geblieben war. Sie zeigte auf Etwas in der Nähe eines großen Baumes.

„Fragen wir doch deinen Bruder!" sagte sie grinsend.

„Na warte!" Thomas versuchte, nach Nicole zu greifen, die lachend den Weg hinunterlief, der zu dem Baum und dem Esel führte.

José saß im Fond des silbergrauen Mercedes und versuchte mühsam, seine Wut zu unterdrücken. Was bildete sich dieser alte Mann ein? Er behandelte ihn wie einen Sklaven und bemerkte nicht einmal, daß seine

Zeit längst vorbei war.

„Rechts!" sagte José und der Wagen verließ die Avenida Cortez in Richtung Süden. „Nicht mehr lange", sagte er zu sich selbst, „wenn ich diese Sache erfolgreich abschließe, dann habe ich gewonnen."

José wußte, daß er sich auf seine Leute verlassen konnte. Seit mehreren Jahren führte er die Geschäfte für Don Martinez, der sich mehr und mehr aus der Öffentlichkeit zurückgezogen hatte. Er wurde von allen als der Erbe des Don angesehen. José hatte es verstanden, seine Position und das zunehmende Desinteresse des Don perfekt zu seinem eigenen Vorteil auszunutzen. Viele Geschäfte liefen nur noch über ihn, ohne daß der Don etwas davon erfuhr. Still und leise hatte José seine eigenen Verbindungen aufgebaut und erweiterte sie ständig. Bald würde er in der Lage sein, das Imperium des Don zu übernehmen, ohne daß dieser großen Widerstand entgegensetzen konnte.

„Da vorne ist es!" Die Limousine hielt an der Bordsteinkante und zwei Männer verließen den Wagen.

Nach einer guten halben Stunde kehrten sie wieder zurück:

„Er ist weg!" sagte einer der beiden und steckte seinen Kopf durch die offene Scheibe zu José in den Wagen: „Seine Wirtin sagt, daß er heute früh kurz hier gewesen ist, aber gleich wieder verschwunden ist, ohne seinen Besuch zu begrüßen."

José horchte auf: „Besuch?" fragte er, „was für ein Besuch?"

„Zwei Männer, die sich als seine Freunde ausgegeben haben und dann in seiner Wohnung gewartet haben."

„Wart ihr oben?"

„Ja, José."

„Und?"

„Nichts."

„Habt ihr alles durchsucht?"

„Si, José."

„Mist!"

„Was machen wir jetzt?"

„Ich muß nachdenken!" José schloß das Fenster und ließ sich nach hinten in den Sitz fallen.

Pablo war ausgeflogen und es gab keinerlei Anhaltspunkte, wo er sich befand. Ein Fehler zum jetzigen Zeitpunkt konnte ihn alles kosten, was er in so mühsamer Arbeit aufgebaut hatte. José öffnete die Tür und verließ den Wagen.

„Wartet hier!" rief er seinen Leuten zu, ging ein paar Schritte die Straße hinunter und klappte sein Telefon auf:

„Francesco? - Hallo! Gut und dir? - Pass auf, es gibt Probleme - Nein, es geht um Pablo - Pablo, einer der Kuriere von Don Martinez - Er ist verschwunden - Don Martinez ist außer sich…" Dann erzählte José kurz, worum es ging und bat Francesco um seine Hilfe bei der Suche nach dem Verschwundenen. „Gracias, mein Freund, wir sehen uns!"

José kehrte zum Wagen zurück und winkte seinen Leuten, ihm zu folgen. Dann gingen sie zusammen zum Haus von Doña Esmeralda.

Am anderen Ende der Leitung hatte Francesco nur mühsam seine Erregung verbergen können: auf Grund der Beschreibung Josés hatte er sofort erkannt, um wen es sich handelte.

„Pablo Rodriguez, so, so", murmelte er vor sich hin, „es wird Zeit, meinem alten Freund Commissario Leonardo-Silvero einen kleinen Besuch abzustatten."

Francesco zündete sich einen Zigarillo an und verließ das Café in der Nähe des Colonial, in dem er gesessen hatte.

„Susanne und Andreas sind unterwegs", Nicole kam aus der Küche und zuckte mit den Schultern, „Anna weiß auch nicht, wo sie hin sind und wann sie wiederkommen."

„Dann lass uns mal nach unserem Patienten schauen", sagte Thomas und ging in die Richtung des Krankenzimmers.

Nicole folgte ihm und summte leise eine Melodie vor sich hin.

Vorsichtig öffnete Thomas die Tür und die beiden betraten das Zimmer. Carlos lag reglos auf dem Bett. In seinem Gesicht hatten die Bartstoppeln inzwischen eine bedrohliche Größe erreicht.

„Er schläft", flüsterte Nicole, „komm, wir gehen wieder."

„In Ordung", antwortete Thomas und wollte zurück zur Tür. Dabei stieß er gegen den kleinen Schemel, der in der Nähe des Bettes stand. Carlos bewegte sich und stöhnte.

„Er ist aufgewacht!" sagte Nicole.

„Con?" hörte man eine ziemlich schwache Stimme murmeln.

„Keine Sorge, Señor", sagte Nicole und trat neben das Bett. Sie nahm die eine Hand von Carlos, „wir sind Freunde. Sie sind in Sicherheit, niemand tut ihnen etwas."

„Con…" Carlos hustete, „Conchi…"

„Was sagt er?" wollte Thomas wissen, der am Fußende des Bettes stehen geblieben war.

„Pssst!" Nicole hielt den Zeigefinger ihrer rechten Hand vor ihren Mund.

„Schon gut", hauchte Thomas und setzte sich vorsichtig auf den Schemel.

„Was haben sie gesagt?" fragte Nicole. Carlos hatte die Augen geöffnet und starrte an die Decke. „Conchi, ist das ihr Name?" Carlos bewegte seinen Kopf leicht zu der Seite, an der Nicole stand:

„Cruz, Conchi…" brachte er mühsam hervor, dann verlor er wieder die Besinnung.

Nicole ließ seine erschlaffte Hand los und legte sie vorsichtig auf die Decke des Bettes.

„Gehen wir, Thomas", sagte sie und schlich leise zur Tür. Thomas folgte ihr und schloß die Tür, nachdem sie den Raum verlassen hatten.

„Was hat er gemeint?" wollte er wissen.

„Er hat Kreuz gesagt, ganz eindeutig. Vielleicht meint er das, das wir gefunden haben. Es muß sehr viel bedeuten für ihn."

„Und was ist Conchi?" Thomas sah Nicole fragend an.

„Weiß ich auch nicht. Ein Name vielleicht?"

„Das hilft uns nicht wirklich weiter. Wir werden ihn morgen wieder besuchen."

„Hast du was dagegen, wenn ich jetzt kurz auf´s Zimmer gehe und mich ein wenig frisch mache?"

„Nein, sollte ich?" Thomas grinste, „treffen wir uns in 20 Minuten draußen am Brunnen?"

„Machen wir." Nicole stieg die Treppe zum ersten Stock empor, in dem das Zimmer von Susanne und ihr lag.

Thomas ging in die andere Richtung: das Zimmer der beiden Señores lag im anderen Flügel.

„Das ist ja vielleicht ein Reinfall!" Andreas setzte sich auf die Stufen vor dem Museum.

„Montags geschlossen", sagte Susanne, „wer denkt denn auch an sowas!"

„Und, was sollen wir jetzt machen?"

„Bis morgen warten, was sonst." Susanne setzte sich neben Andreas: „Kopf hoch! Es gibt schlimmeres, oder?"

Andreas schaute auf: „Stimmt, Antonio zum Beispiel", sagte er und konnte sich ein Grinsen nicht verkneifen.

„Wer ist Antonio?" die Köpfe von Susanne und Andreas schossen gleichzeitig herum:

„Thomas!" rief Andreas.

„Nicole!" schrie Susanne begeistert, „wo kommt ihr denn her?"

„Magie", sagte Thomas, „wir waren bei einem Hellseher…"

„Blödsinn", unterbrach ihn Nicole, „wir haben die Nachricht von Andreas gefunden und sind dann auf dem schnellsten Weg her."

„Es ist beruhigend, daß ihr wieder da seid!" Susanne atmete tief durch, „wo wart ihr denn nun genau?"

„Ja, einfach so mal die Nacht woanders zu verbringen", Andreas schaute gespielt vorwurfsvoll, „wir haben uns größte Sorgen gemacht!"

„Genauso seht ihr auch aus!" sagte Thomas und setzte sich neben Andreas. „Aber, was habt ihr denn entdeckt?" Thomas legte seinen Arm um Andreas Schulter, „und, wer ist nun dieser Antonio?"

„Das interessiert mich auch", stimmte Nicole zu und nahm an der Seite ihrer Freundin Platz.

„Also, das war so,…", begann Susanne und dann berichtete sie.

„Wauw!" Nicole schien beeindruckt, „das sind ja interessante Neuigkeiten. Schade, daß das Ding da hinter uns geschlossen ist."

„Ja, schade", Thomas Stimme klang ebenfalls ein wenig enttäuscht. „Aber, wenn ihr hört, was wir herausgefunden haben!"

„Ich!" meldete sich Nicole zu Wort.

„Gut, du", gab Thomas zu, „dann werdet ihr staunen."

„Na, dann lasst uns das mal tun", sagte Andreas.

„Was tun?" wollte Nicole wissen.

„Na, staunen."

„Gut, sollen wir?" Thomas sah Nicole an.

„Von mir aus gerne!"

„Erzähle du, du hast es ja auch entdeckt." Thomas lehnte sich genüsslich zurück, während Nicole sich erhob und mit Hilfe ihrer beiden Arme sehr anschaulich ihren Besuch in der kleinen Kirche schilderte.

Als Nicole geendet hatte, erhob sich auch Andreas und sagte:

„Das kann doch alles nicht nur Zufall sein! Der Ring, der Schwan, das Kreuz und das alles. Irgendwo muß es da einen Zusammenhang geben."

„Auf jeden Fall", stimmte ihm Susanne zu, „und diese ganzen geheimnisvollen Sprüche!"

„Geheimnisvoll stimmt", Nicole setzte sich, „aber das alles bringt uns doch nicht wirklich weiter." Sie stützte ihre Ellenbogen auf die Knie und legte ihr Kinn auf ihre verschränkten Hände.

„Ja, leider", stimmte Andreas ihr zu, „aber wir wissen doch jetzt immerhin, daß es da irgendeinen Zusammenhang gibt und wir uns nicht irgendetwas eingebildet haben."

„Das schon", Nicole schien nicht überzeugt, „aber was machen wir jetzt aus unserem Wissen?"

„Morgen gehen wir alle zusammen da rein", Thomas zeigte auf das Museum, „und schauen uns das Bild gemeinsam an. Vorher sehen wir uns heute Abend das Kreuz ganz genau an und machen noch ein paar Detailaufnahmen davon, die wir dann mitnehmen."

„Das machen wir!" Susanne klatschte begeistert in die Hände.

„Ich hab´ Durst!" Alle sahen Nicole an. In ihren Blicken stand dieselbe Frage:

„Wie kannst du jetzt an so etwas Gewöhnliches denken?"

„Ich hab´ trotzdem Durst!" beantwortete Nicole die Blicke ihrer drei Begleiter.

„Warum auch nicht?" Thomas stand auf und schritt langsam die Stufen vor dem Museum herunter, „gehen wir was Trinken!"

Das brauchte er Nicole nicht zweimal zu sagen. Kaum hatte er seinen Satz beendet, fand sie sich an seiner Seite wieder und beide schlenderten untergehakt die Straße hinunter.

„Ihr habt gewonnen", rief Andreas ihnen hinterher, „komm, Susanne, der Klügere gibt nach." Er reichte ihr seinen Arm, „und das sind ohne Zweifel wir", fügte er mit einem Augenzwinkern hinzu.

Dienstag, 14. April

„Du hast dich nicht geirrt, Andreas, es ist wirklich derselbe Vogel wie auf dem Ring!" Nicole kroch nun schon seit Minuten auf allen Vieren auf dem Boden des großen Saales im Hause Don Alfredos herum.

„Ja und er bleibt auch derselbe, wenn du dich wieder zu uns an den Tisch setzt!"

„Aber vielleicht gibt es da noch eine Kleinigkeit, die uns bisher entgangen ist!" Nicole war jetzt fast vollständig unter dem Tisch verschwunden.

„Au!" entfuhr es Susanne, „das ist mein Fuß!"

„Oh, entschuldige, ich dachte…"

„Was?" mischte sich Andreas ein, „ein Gipsabdruck eines Tyrannosaurus Rex?"

Susanne schaute giftig zu Andreas: „Fängst du schon wieder an?"

„Nein, entschuldige bitte", sagte er reumütig.

„Schon gut, aber nur, wenn du mir noch so ein Ding da rübergibst!" sie zeigte auf ein hörnchenförmiges Backwerk.

„Hattest du nicht schon drei davon?" wollte Andreas wissen.

„Vier!" korrigierte Thomas, „vier davon und fünf von den anderen Dingern, wenn du so weiter machst…"

Zum Glück gab es in diesem Moment ein leichtes Beben des Tisches, gefolgt von einem heiseren Aufschrei. Thomas bückte sich und hob die Tischdecke vorsichtig ein Stück an:

„Sagtest du etwas?"

„Nein, nichts!" Nicole saß mit ausgestreckten Beinen unter dem Tisch und hielt sich mit der einen Hand den Kopf, „ich wollte nur mal testen, ob das echtes Holz ist!"

Thomas grinste: „Ach so, na denn, teste mal weiter!" Sein Kopf verschwand wieder und Nicole brabbelte unter dem Tisch vor sich hin. „Lassen wir sie in Ruhe, bis sie sich beruhigt hat", sagte Thomas und nahm sich ein weiteres Stück Papaya. „Lecker", sagte er, „kein Vergleich zu denen, die es bei uns gibt!"

„Ganz deiner Meinung", stimmte ihm Susanne zu, die inzwischen beim Nachtisch des Frühstücks angelangt war.

„Entschuldigung", Anna hatte unbemerkt den Raum betreten und stand nun ein Stück neben dem Tisch, „da ist ein Señor Antonio für die Señorita da." Sie zeigte auf Susanne.

„Dieser besagte Antonio?" wollte Thomas wissen.

„Bestimmt", sagte Andreas, „Susannes neue Flamme."

„Gar nicht wahr!" Susanne lief dunkelrot an, „Antonio ist nur…"

„Ein Freund?"

„Genau, Thomas, ein Freund."

„Dann empfange ihn mal, deinen `Freund´! Andreas lehnte sich genüsslich zurück: „Ich bin mal gespannt, was er will!"

„Mach´ dich nur lustig. Du bist ja nur neidisch, daß er sich für mich interessiert!"

„Das ist doch nicht dein Ernst, oder?" Andreas versuchte, gleichgültig zu wirken, obwohl er im Innern kochte vor Eifersucht. „Von mir aus kannst du den ganzen Tag mit ihm verbringen. Ist mir doch egal." Er verschränkte demonstrativ die Arme vor seiner Brust.

„Wie du willst!" Susanne schnaufte und stand mit einem Ruck auf, bei dem sich Andreas sehr stark an das Ende des gestrigen Frühstücks erinnert fühlte.

„Susi, Susanne, bitte!" er streckte seinen Arm in ihre Richtung aus.

Susanne blickte starr zur Tür und verließ, ohne ihn eines Blickes zu würdigen, den Raum.

„Das hast du ja mal wieder hervorragend hinbekommen!" sagte Thomas.

„Ja, ich weiß!" Andreas stützte seine Ellenbogen auf den Tisch: „Und jetzt?"

„Laß sie, die kommt wieder. Bestimmt."

„Meinst du nicht, ich sollte ihr hinterher?"

„Auf keinen Fall, das wäre genau das Falsche."

„Aber wenn du dich irrst?"

Thomas schüttelte den Kopf: „Bleib hier."

„Ich weiß nicht..."

„Guten Morgen!" Don Alfredo hatte den Raum betreten, „haben die Herren eine angenehme Nacht gehabt?"

„Äh, si, si, wunderbar!" stotterte Thomas.

„Si!" sagte Andreas und grinste Don Alfredo an.

„Das freut mich sehr. Haben die Herren schon Pläne für den Tag?"

„Ja, wir..."

„Entschuldigung, Don Alfredo", der alte Diener hatte den Raum betreten und stand nun katzbuckelig vor seinem Herrn.

„Was gibt es, Ernesto?"

„Don Francesco bittet, empfangen zu werden!"

„Sag´ ihm, ich werde sofort bei ihm sein!"

„Ja, Don Alfredo!"

Ernesto zog sich langsam zurück. Don Alfredo wandte sich Thomas und Andreas zu:

„Wenn die Herren mich entschuldigen würden?"

„Natürlich", sagte Thomas und erhob sich, „wir wollten sowieso gerade gehen!" Er gab Andreas einen Stoß mit seinem Ellenbogen in die Rippen.

„Si!" sagte der und erhob sich ebenfalls.

„Speisen sie und die Señoritas am Abend mit mir!"

„Sehr gerne, Don Alfredo, es ist uns eine große Ehre", sagte Thomas im Hinausgehen.

„Worum ging es denn?" wollte Andreas draußen wissen.

„Ach, er wollte wissen, wo wir hin wollen, heute."

„Und, wo wollen wir hin?"

„Keine Ahnung", sagte Thomas und bekam einen fragenden Blick von Andreas als Antwort.

„Don Francesco, sagt dir das nichts?"

„Nein, was soll mir das sagen?"

„Das ist der, der damals bei Don Alfredo war, als ich ihn durch das Fenster belauscht habe."

„Du meinst der Kerl, der…" Andreas Augen waren weit aufgerissen.

„Genau der!" bestätigte Thomas „und dem müssen wir nicht unbedingt in die Arme laufen!"

„Sehr richtig!"

Andreas hatte verstanden und die beiden zogen sich in den ersten Stock zurück.

„Du meinst wirklich, daß er…"

Don Alfredo legte seine Hand auf den Mund: „Warte einen Moment." Er führte Francesco in den großen Saal und warf dann einen Blick auf den Gang davor: „Es ist niemand hier!" Don Alfredo schloß die Tür von innen. „Komm, setz dich, Francesco." Er wies auf einen der Stühle. „Etwas zu Trinken?"

„Wie immer, Alfredo!" sagte Francesco und ließ sich auf den Stuhl fallen.

Don Alfredo kehrte mit den Getränken zurück und reichte ein Glas Francesco, bevor er sich auf dem Stuhl neben ihm niederließ.

„Auf uns, Francesco!"

„Auf uns, alter Freund!" beide leerten ihr Glas in einem Zug. „Wie früher, Alfredo?"

„Wie früher!" Krachend flogen die beiden Gläser an die Wand mit dem großen Bild.

„Ach, Alfredo, weißt du noch, als Evita das erste Mal…"

„Ja, und du wolltest danach nie wieder ein Wort mit mir reden!"

„Immerhin war es damals meine Freundin und meine erste wirklich große Liebe!"

„Die erste von wie vielen?"

„Na gut, sie war nicht die Einzige und wenn ich heute so darüber nachdenke, du hast sie wirklich verdient!"

„Danke, Francesco." Don Alfredo lächelte: „Noch einen?"

„Ja, der alten Zeiten wegen, die vergangen sind und nie wiederkehren!"

Don Alfredo holte zwei weitere Gläser und schenkte ein. Die Prozedur von eben wiederholte sich.

Francesco seufzte laut: „Erinnerungen, Alfredo, Erinnerungen." Er machte eine Pause und sah auf den Tisch, auf dem noch die Reste eines Frühstücks von vier Personen standen. „Wir müssen der Realität in die Augen sehen", fuhr er fort, „Martinez hat alle Trümpfe in der Hand und wir haben nichts außer Problemen und Fragen ohne Antworten!"

„Es ist nicht ganz so hoffnungslos wie du meinst, Francesco. Martinez weiß nichts von Carmen. Das ist unsere Chance."

„Er darf nie von ihrer Existenz erfahren, das ist das Wichtigste." Don Francesco holte tief Luft.

„Mach dir keine Sorgen, Francesco, das wird er nicht. Und unter ihrem neuen Namen wird er sie auf keinen Fall finden."

""Ja, Alfredo, vielleicht ist es so." Don Francesco blickte vor sich ins Leere: „Conchita", murmelte er. Dann sah er Alfredo an: „Und dieser Carlos, du hast angedeutet, daß er…"

„Ich befürchte es."

„Wie kommst du darauf?" Francesco sah Alfredo gespannt an.

„Heute Morgen war er zum ersten Mal bei klarem Bewusstsein. Er hat gefragt, wo er ist und wie er hierher gekommen ist. Dann bat er mich inständig, seine Frau zu benachrichtigen. Er hat mir gesagt, wie sie heißt und, wo sie zu finden ist."

Francesco hatte inzwischen zwei neue Gläser gefüllt und reichte eines Don Alfredo: „Weißt du, wie viele Conchitas es alleine in diesem Viertel gibt? Was macht dich so sicher, daß sie es ist?"

Alfredo nahm das Glas und drehte es gedankenverloren zwischen seinen Fingern hin und her: „Es ist nicht nur der Name." Alfredo stand auf und leerte sein Glas, das anschließend wie die anderen zuvor krachend gegen das Gemälde flog. „Carmen vermisst ihren Mann seit der Zeit als dieser Carlos zu mir gebracht wurde. Ihr Mann heißt ebenfalls Carlos." Don Alfredo stand nun direkt vor Francesco: „Und dieser Carlos sollte ein Päckchen abgeben am", er machte eine Pause, „am Sternenhaus. Das sind zu viele Zufälle für mein Gefühl."

„Vielleicht, Alfredo." Francesco schaute seinem Freund in die Augen: „Gut, wahrscheinlich hast du Recht, aber was bringt uns das für Vorteile?"

„Nun, wir haben Carlos. Martinez wird nach ihm suchen und nach dem, was er bei sich trug!"

„Und was trug er bei sich? Du hast gesagt, du hast nichts bei ihm gefunden außer dieser Schachtel mit den wertlosen Münzen."

„Das wissen wir, aber Martinez weiß es nicht!"

„Du willst spielen, Alfredo?" Alfredo nickte. „Ein sehr gefährliches Spiel, bei dem am Ende einer alles verlieren kann."

„Verlieren wird, Francesco! Das weißt du genauso gut, wie ich." Alfredo ging im Raum auf und ab: „Aber, wir werden nicht diejenigen sein, Francesco. Vergiss nicht, wir sind die Guten!"

„Die Guten! Sind wir das wirklich Alfredo?"

Alfredo zuckte mit den Schultern. Er stand vor einem der großen Fenster und schaute in den Garten dahinter: „Wir müssen Carmen und Carlos aus dem Spiel nehmen und wir müssen erfahren, was in der Schachtel war." Alfredo drehte sich um.

Francesco stand weiter hinten im Raum in der Nähe der Tür:

„Wie sollen wir das tun?"

„Sie müssen verschwinden", Alfredo atmete schwer, „oder weißt du etwas Besseres?"

„Wir könnten noch etwas warten, bis Gomez sich meldet. Er ist auf der Suche nach diesem Pablo."

„Dem Kurier von Martinez?"

„Genau. Das, was er verloren hat, muß mit unserem Päckchen im Zusammenhang stehen. José hat so etwas angedeutet."

„Ahnt er etwas?"

„José?" Alfredo nickte. „Nichts. Er denkt, ich stehe auf seiner Seite."

„Das ist sehr gut. Sorge dafür, daß das auch so bleibt. Koste es was es wolle."

„Es hätte beinahe schon zu viel gekostet, Alfredo!"

„Du meinst die Gringos?"

„Es war nahe dran, Alfredo, sehr nahe."

„Ihnen ist nichts passiert bisher."

„Das kann sich sehr schnell ändern. Ich glaube, sie

wissen etwas. Zumindest ahnen sie etwas, ich fühle es."

„Was sollen sie wissen, Francesco? Es sind Gringos! Die meisten von ihnen verstehen uns kaum oder gar nicht!"

„Vielleicht sehe ich Dinge, die gar nicht da sind, aber denke an Pablito!" Francescos Stimme verstummte plötzlich und er schaute sich suchend im Raum um.

„Was ist, Francesco?"

„Ich dachte, ich hätte etwas wie einen Knall gehört."

„Unsinn, hier ist nichts. Wahrscheinlich hat Anna mal wieder einen ihrer Krüge fallen gelassen. Sie ist nicht mehr die Jüngste, die Gute!"

„Ich hätte schwören können…", Francesco schien nicht überzeugt, aber da er nichts entdecken konnte, gab er sich mit Don Alfredos Erklärung zufrieden. „Um auf Pablito zurückzukommen: Haben sie nicht nach ihm gefragt?"

„Natürlich haben sie."

„Und, was hast du ihnen gesagt?"

„Daß er bei seiner Familie ist. Seine Mutter ist krank und er muß sich um seine Geschwister kümmern und lässt sie schön grüßen."

„Ganz der Alte!" lachte Francesco, „das löst zumindest dieses Problem für den Moment."

„Hast du denn etwas erfahren über sein Verschwinden?"

„Nichts, was du nicht schon weißt. Meine Leute arbeiten daran."

„Und dieser Pablo?"

„Ist auf der Flucht."

„Wir können nur hoffen, daß wir ihn vor Martinez finden."

„Hier kommt der Commissario ins Spiel."

„Der Commissario?"

„Commissario Leonardo-Silvero, ein, nun sagen wir alter Feind von mir", Francesco lächelte, „er steht in meiner Schuld."

„Und, welche Rolle spielt er?"

„Er leitet die Ermittlungen in der Einbruchsache im Colonial. Du erinnerst dich, in wessen Zimmer dort eingebrochen wurde?"

„Natürlich."

„Es gibt neue Erkenntnisse!"

„Spann mich nicht unnötig auf die Folter!"

„Es wurde nichts gestohlen!"

Alfredo wirkte überrascht: „Nichts?"

„Nichts! Das ganze Zimmer wurde durchwühlt und alle Wertsachen waren noch da. Das ist doch merkwürdig, Alfredo, oder?"

„In der Tat."

„Und was noch viel interessanter ist, weißt du, wer der Beschreibung nach ein paar Mal im Hotel gesehen wurde und sogar Kontakt mit den Gringos hatte?"

„Nein, doch nicht…"

„Doch, Alfredo!"

Alfredo pfiff leise durch die Zähne: „Das erklärt Einiges!" Er stützte sich auf die Lehne des Stuhles vor ihm.

„Das ist noch nicht alles. Das Beste kommt noch, Alfredo!"

Alfredos Blick war ein einziges Fragezeichen.

„Weißt du, wer mit der gleichen Maschine angekommen ist, wie die Gringos?"

„Verdammt! Das ist es!"

Jetzt wirkte Francesco etwas irritiert.

„Verstehst du nicht?" Alfredos Augen leuchteten jetzt: „Pablo ist mit den Gringos zusammen gelandet. Hinterher sucht er den Kontakt zu ihnen und durchwühlt wahrscheinlich ihr Zimmer, ohne etwas zu stehlen!"

„Natürlich!" Francesco schlug sich mit der flachen Hand gegen die Stirn: „Er hat etwas gesucht, daß ihm gehört!"

„Etwas, das er bei den Gringos deponiert hatte! Etwas das sehr wertvoll ist für Martinez. Aber was?"

„Morgen um diese Zeit wissen wir mehr. Der Commissario läßt Pablo wegen ein paar kleiner Hehlereien suchen. Er wird mich informieren, sobald er ihn hat. Und wenn er ihn nicht findet, dann Gomez oder José."

„Dein Wort, Francesco!" Alfredo ging zu dem kleinen Schrank an der einen Wand. Francesco sah in seine Richtung:

„Was wirst du nun unternehmen?"

„Ich werde versuchen, Carlos rihig zu stellen und mich um Carmen kümmern."

„Überlaß´ Carmen mir, bitte".

„Gut, Francesco, wenn du willst, gehen wir an die Arbeit."

„Einen zum Abschluß?"

„Einen zum Abschluß!" Alfredo schenkte ein und kurze Zeit später hörte man erneut das Geräusch von zersplitterndem Glas. Danach verließen Alfredo und Francesco den Raum.

Andreas und Thomas hatten die Tür kaum hinter sich geschlossen, als es klopfte und Susanne das Zimmer betrat.

„Na, schon wieder zurück?" sagte Andreas schnippisch.

Susanne hob den Kopf und schob ihr Kinn nach vorne: „Ich wollte euch nur mitteilen, daß Antonio und ich einen Ausflug unternehmen. Rechnet nicht vor dem

Abendessen mit mir. Adios." Sie drehte sich auf der Stelle um 180 Grad und stolzierte aus dem Zimmer.

Andreas schaute ihr mit offenem Mund hinterher, während Thomas aufstand und die Tür wieder schloß.

„Was machen wir nun?" wollte Andreas wissen.

„Einen Plan!" Thomas setzte sich auf sein Bett: „Also, eigentlich wollten wir heute ins Museum und uns Susannes Bild ansehen."

„Richtig." Andreas setzte sich gegenüber auf sein Bett, „aber Susanne ist in den Händen dieses Antonio."

„Stimmt, kann man so sagen!" bemerkte Thomas und verkniff sich ein Grinsen.

Beide saßen schweigend da und starrten vor sich auf den Boden.

„Das Sternenhaus!" riefen sie plötzlich gleichzeitig.

„Na klar!" Thomas Lebensgeister kehrten zurück, „da wollten wir doch ursprünglich hin! Das hatte ich ganz vergessen!"

„Also, wir gehen da jetzt hin", schlug Andreas vor, „schauen uns alles nochmal ganz genau an und heute Abend dann…"

„Heute Abend sind wir wieder eingeladen", unterbrach ihn Thomas, „hast du das vergessen?"

„Stimmt. Also danach dann!" Andreas stand auf: „Nach dem Essen gehen wir auf die Zimmer und schleichen uns dann davon."

„Davonschleichen, aus diesem Haus?" Thomas schaute seinen Freund skeptisch an, „meinst du, das würde gelingen?"

„Wahrscheinlich nicht", sagte Andreas resigniert, „wir müssen uns eine Ausrede einfallen lassen."

„Fragen wir Nicole", schlug Thomas vor, „der fällt immer etwas ein!"

„Apropos Nicole", Andreas sah Thomas an „wo ist die eigentlich?"

Thomas erwiderte den Blick und man sah seinem Gesicht an, daß er fieberhaft überlegte.

„Wann haben wir sie zuletzt gesehen?"

„Ja, Beim Frühstück, glaube ich, sie ist da auf dem Boden rumgekrochen und dann…" er erstarrte.

„Was ist?" wollte Andreas wissen.

„Unter dem Tisch!" Thomas wußte nicht, ob er lachen sollte oder ein ernstes Gesicht machen: „Wir haben sie unter dem Tisch vergessen!"

„Nein!" Andreas ließ sich auf sein Bett fallen: „Du meinst, sie sitzt noch immer da?" Er konnte sich ein Grinsen nicht verkneifen.

„Das ist gar nicht komisch!" sagte Thomas lachend.

Pablo öffnete seine Augen und blickte zu dem kleinen Fenster, durch das die Sonne direkt auf sein Gesicht fiel. Wie spät war es? Welcher Tag war heute?

Er setzte sich langsam auf. Polternd fiel eine leere Flasche Rum von dem Metallgestell auf den Betonboden. Als wenn er von eben dieser Flasche getroffen worden war, verzog er schmerzhaft das Gesicht:

„Oh, nicht so laut!" sagte er in den leeren Raum. Wo war er? Was war geschehen? Er versuchte, sich zu erinnern. Pablos Hände fuhren durch seine dunklen Haare. Hätte er nur nicht so viel getrunken. Er mußte einen klaren Kopf haben für die kommenden Dinge, das war ihm eigentlich klar. Sein erster Versuch, das Bett zu verlassen scheiterte auf halber Höhe: Rücklings fiel er zurück auf die Matratze, wo er wieder in das Reich der Träume zurückkehrte.

Nicoles Herz klopfte, als wenn es sich zwischen Zunge und Gaumen befände. Sie wußte nicht, ob sie zwei Minuten oder zwei Stunden gewartet hatte, bis sie ganz langsam unter der Tischdecke hervor lugte. Es schien niemand mehr im Raum zu sein. Zentimeter für Zentimeter schob sie ihren Körper in den Raum hinein, heraus aus der sicheren Deckung des massiven alten Holztisches. Dann richtete sie sich langsam auf und spähte über den Tisch im Raum umher. Es war, als wenn Tonnen Gesteins von ihr abfielen, als sie niemanden sah. Nachdem sie sich vollständig aufgerichtet und ihre schmerzenden Glieder gestreckt hatte, fasste sie einen spontanen Entschluß: Sie mußte zu Carlos; sofort.

Ganz langsam und jedes Geräusch vermeidend schlich sie zu der Tür, durch die Don Alfredo und Francesco verschwunden waren. Sie legte ihren Kopf an das Holz und horchte: Alles war still. Ihre rechte Hand drückte langsam die Klinke nach unten und knarrend öffnete sich die schwere Tür. Nicole schaute durch den Spalt in den Gang. Ihr Atem beruhigte sich zusehends, denn alles wirkte wie ausgestorben. Ihrem linken Fuß folgte der Körper, der rechte Fuß und zuletzt zog sie mit ihrer rechten Hand die Tür ins Schloß.

Nicole huschte den Gang hinunter bis zu dem Zimmer, in dem Carlos lag. Noch einmal vergewisserte sie sich, daß sich niemand in ihrer Nähe befand, bevor sie die Tür zu Carlos Zimmer öffnete und darin verschwand.

„Nein!" rief Pablo entsetzt und sprang auf, das Messer aus seiner Jacke nehmend, die vor dem Bettgestell auf dem Boden lag. Mit der ausgefahrenen

Klinge stand er schweißgebadet mitten in dem großen, fast leeren Raum. Seine Augen suchten wieder und wieder jeden Winkel ab, aber es war niemand da. Pablo Rodriguez war mit seinen Nerven am Ende. Was war aus ihm geworden? Er war noch am Leben, ja, aber das war auch schon alles: Er besaß ein Leben, daß ihm stündlich verlängert wurde und mit dem es vorbei war, sobald er dieses selbstgewählte Gefängnis wieder verließ. Was also war das für ein Leben?

Pablo griff nach der ihm am nächsten stehenden Flasche:

„Leer!" sagte er und warf sie gegen eine der Wände, wo sie klirrend in 1000 Teile zerbarst.

„Meine Tage sind gezählt! Es ist nur eine Frage der Zeit, bis sie mich finden und dann: Adios Pablo!"

Er ließ sich erneut auf das Bettgestell fallen und in seinen Gedanken die letzten Tage Revue passieren.

„Wie hatte es soweit kommen können? Du warst immer ein Tick schlauer als die anderen!" Pablo blickte ins Leere. Dann straffte sich sein Körper plötzlich wieder: Er erhob sich, suchte nach seiner Jacke, steckte das Messer ein und begab sich zur Tür: „Wenn mein Ende unausweichlich ist, dann soll es schnell kommen. Ich kann nicht hier sitzen und untätig darauf warten. Vielleicht gibt es doch noch eine Chance. Don Martinez hat mich immer geschätzt. Wenn ich zu ihm gehe, ehe er mich gefunden hat. Ich kann es ihm erklären. Er wird verstehen, daß dieser dumme Unfall mit dem Jungen nicht meine Schuld gewesen ist und daß die Sache an dem Flughafen unvermeidbar war. Er wird es verstehen!"

An diese Hoffnung geklammert verließ Pablo sein selbstgewähltes Gefängnis und machte sich zu Fuß auf den Weg zu Don Martinez.

Nicoles Herz klopfte wie verrückt. Sie rannte den Gang um den kleinen Innenhof entlang und stürmte die Treppe in den ersten Stock nach oben. Dann riß sie die Tür zu dem Zimmer von Thomas und Andreas auf. Vier Augen starrten sie an.

„Ich", sagte sie schnaufend, „ich muß euch was erzählen!"

Thomas und Andreas sahen sich an: „Setz´ dich erstmal und hol tief Luft!" sagte Thomas.

Nicole ließ sich neben Thomas auf dem Bett nieder und dann erzählte sie: Von dem Gespräch zwischen Don Alfredo und Francesco und von ihrem Besuch bei Carlos.

„Du hast die ganze Zeit unter dem Tisch gesessen?" in Andreas Stimme lag eine Art von Ehrfurcht, „und du hattest keine Angst?"

„Nein", Nicole schüttelte den Kopf, „nicht wirklich…" Thomas sah sie an. „Na gut, ein bißchen mulmig war mir schon", gab sie kleinlaut zu.

„Das wäre mir aber auch nicht anders gegangen", sagte Thomas und legte seinen Arm um ihre Schulter.

Nicole verspürte ein Gefühl von Geborgenheit und drückte Thomas einen Kuss auf die Wange.

„Und ich?" protestierte Andreas.

„Komm her, du bekommst auch einen!" sagte Thomas.

„Schon gut, schon gut, so schlecht geht es mir nun auch wieder nicht." Andreas grinste und erhob sich: „Was jetzt?"

„Wir müssen diese Carmen oder Conchita finden und sie warnen!" sagte Nicole.

„Natürlich!" Andreas blickte die beiden an: „aber, wie sollen wir sie finden?"

„Wir müssen Carlos fragen", sagte Thomas, „oder habt ihr eine andere Idee?"

Nicole und Andreas schwiegen.

„Gut, dann machen wir es so: Nicole geht noch einmal zu Carlos und fragt ihn, wie wir zu Conchita kommen. Dann werden wir", er zeigte auf Andreas und sich, „versuchen, sie zu finden und du", er deutete auf Nicole, „wartest hier, bis wir zurück sind, falls sich Susanne meldet."

„Das könnte euch so passen!" protestierte Nicole lautstark, „ich komme auf jeden Fall mit. Schon deshalb, weil ich am besten von euch spanisch spreche."

„Da hat sie nicht ganz unrecht", sagte Andreas.

„Gut, dann gehen wir alle." Thomas stand auf.

„Und Susanne?" wollte Andreas wissen.

„Der lassen wir eine Nachricht da."

„Das ist keine gute Idee, Nicole", Thomas schüttelte seinen Kopf, „wenn die in die falschen Hände gerät, wäre das nicht sehr gut."

„Dann muß einer auf sie warten!" stellte Andreas fest.

„Genau!" sagten Thomas und Nicole gleichzeitig und sahen ihn an.

„In Ordnung, wenn es sein muß, dann opfere ich mich der höheren Sache!"

„Von wegen opfern!" Thomas schlug seinem Freund auf die Schulter, „du bist doch nur neugierig, was sie mit diesem Antonio unternommen hat und, ob er sie begleitet. Außerdem wissen wir ja, was du von weiteren Wanderungen hältst!"

Andreas zog sich schweigend zum Fenster zurück. Nicole verließ leise das Zimmer und schlich die Treppe hinunter.

„Hmm! Phantastisch! Und wie heißt das?" Susanne stopfte ein kleines, längliches Gebäckstück in ihren Mund zu einigen weiteren, die sich bereits dort tummelten. Antonio grinste:

„Schmeckt es dir?"

„Genial!" schmatzte Susanne, „und, wie heißt das nun?" Antonio sagte einen spanischen Namen.

„Bumconito?" wiederholte Susanne.

„Nein, Susanne…"

„Egal, wichtig ist, es schmeckt!" Sie lächelte und Antonio lächelte zurück. „Was machen wir als nächstes?" wollte Susanne wissen und griff nach einem weiteren der leckeren Teile.

„Ich dachte, wir gehen zur Piazza Bolivar, da gibt es schöne Geschäfte." Susanne schaute etwas enttäuscht. Antonio schien ihren Blick bemerkt zu haben: „Gehst du nicht gerne bummeln?"

„Nun", Susanne druckste herum, „nein, eigentlich nicht. Am liebsten gehe ich in Museen oder schaue mir andere Sehenswürdigkeiten an."

„Dann habe ich etwas, das ist genau das Richtige für Dich!" Antonio wollte Susannes Hand in seine nehmen. Instinktiv zog sie sie zurück.

„Und?"

„Eine Überraschung, Señorita Susanne!"

Susanne nahm erneut ein Stück von dem großen Teller, der in der Mitte des Tisches stand.

„Wo sind eigentlich deine Freunde, Señorita Susanne?"

„Ach, die. Keine Ahnung."

„Seid ihr alle das erste Mal hier in Venezuela?"

„Ja." Susanne nickte kauend.

„Dann habt ihr ja keine Bekannten oder Freunde in unserem Land?"

„Nein." Susanne kaute weiter.

„Und das, wo ihr wohnt, das ist eine Pension?"

„Eigentlich…" Susanne schaute Antonio an. Sie hatten einen wunderschönen Vormittag verbracht. Zuerst hatte er sie an eine romantische Stelle oberhalb eines Tales geführt, von der man auf die Stadt schauen konnte und danach waren sie mit seinem Wagen in ein kleines Kaffee im Zentrum eines recht mondänen Vorortes gefahren. Dort saßen sie nun schon seit mehr als einer Stunde. Ein schöner Tag bisher. Nur die vielen Fragen, die Antonio zwischendurch immer wieder stellte, gaben ihr zu denken. Fragen, die sich auf sie und ihre Freunde, auf Don Alfredo, ihre Anreise, das, was sie bisher erlebt hatten und viele andere persönliche Dinge bezogen. Hätte sie es nicht besser gewusst, hätte Susanne beschworen, daß Antonio sie ausfragen wollte. Ein absurder Gedanke, hatte sie sich gesagt, anfangs. Je weiter der Tag voranschritt, je weniger absurd erschien ihr der Gedanke jedoch. Hinzu kam noch, daß Antonio immer wieder telefonieren mußte: Alle paar Minuten klingelte sein Telefon. Er entschuldigte sich dann immer kurz und ging ein Stück zur Seite. Auf ihre Fragen hatte er gesagt, daß seine Mutter sehr krank ist und sich zurzeit von einer Operation erholt. Seine Schwester hielte ihn darüber auf dem Laufenden. Wahrscheinlich ruft ihn seine Frau ständig an, hatte Susanne vermutet. Das war ihr eigentlich egal: Sie hatte ihren Spaß, es war ein netter Tag und sie konnte Andreas ärgern. Welche Probleme Antonio und seine Frau miteinander hatten, das ging sie nichts an.

Wie gesagt, so dachte sie am Anfang. Inzwischen hatte sich ihre Meinung gewandelt. Die Ereignisse der letzten Tage hatten auch bei ihr Spuren hinterlassen. Bei der Kleinsten Ungereimtheit horchte sie auf. Da war dieses eine Telefonat, kurz nachdem sie das Kaffee betreten hatten. Sie hatte etwas davon gehört, daß er alles unter Kontrolle habe. Das war ihr sonderbar vorgekommen. Ihre Sinne waren geschärft. Sie spielte das Dummchen aus Übersee und versuchte dabei, etwas mehr über Antonio zu erfahren.

Susanne lächelte: „Du hast mir eine Überraschung versprochen. Gehen wir?"

„Sofort, Señorita Susanne!" Antonio hielt Ausschau nach der Bedienung: „La cuenta, por favor!" rief er.

Fünf Minuten später hatten sie gezahlt und befanden sich in Antonios Wagen auf dem Weg Richtung Osten.

Pablo hatte gerade die Avenida Mendoza überquert, als vor ihm ein roter Sportwagen am Straßenrand hielt. Auf der Fahrerseite verließ ein junger, dunkelhaariger Mann den Wagen, lief um ihn herum, öffnete die Beifahrertür und half einer kleinen, kräftigen Señorita beim Aussteigen.

„Gracias, Antonio", sagte sie und lächelte den jungen Mann an. Pablo hatte den Wagen fast erreicht, als er abrupt stehenblieb: Er kannte diese Señorita.

„Natürlich!" sagte er zu sich selbst, „das ist doch eine von den beiden aus dem Hotel, die mit den Gringos zusammen waren!" Einen Moment später hatte Pablo eine Zeitung erstanden, die er sich vor das Gesicht hielt. So stand er, an eine Laterne gelehnt und beobachtete die beiden. Dieser Zufall konnte seine Rettung sein. Er beschloß, den beiden zu folgen. Früher oder später würden sie ihn zu den anderen führen und somit zu dem Ring! Pablo fühlte sich wie neu geboren.

„Viel, viel Gracias, Antonio für diesen Tag!" Susanne stand vor dem Tor vor Don Alfredos Haus und streckte Antonio ihre rechte Hand entgegen. Antonio ergriff ihre Hand, nahm mit seiner anderen die Sonnenbrille ab und zog sie an sich:

„Nichts zu danken, Señorita Susanne", hauchte er und berührte ihren Mund mit seinen Lippen. Susanne war so überrascht, daß sie seinen Kuss reflexartig erwiderte.

Antonios rechte Hand glitt von ihrem Schulterblatt hinunter bis zu ihrem verlängerten Rückgrat und ließ sich dort nieder. Susanne versuchte, sich aus Antonios Griff zu lösen; vergeblich. Er schob sie zurück, bis sie die Mauer in ihrem Rücken spürte. Seine Sonnenbrille fiel zu Boden. Antonios zweite Hand unterstützte die erste, die sich von Susannes Rückseite gelöst hatte und nun versuchte, sich einen Weg unter ihr T-Shirt in Richtung Hals zu bahnen. Susannes Arme drückten gegen Antonios Brust und versuchten, ihn wegzuschieben. Ihre Kräfte reichten nicht aus und sie spürte seine Hände auf ihrem BH. Susanne schloß ihre Augen und war bereit, sich in ihr Schicksal zu ergeben.

„Ich glaub´ es ja nicht!" Von einem Moment zum anderen ließ der Druck nach, die Hände verschwanden und Susanne konnte sich wieder frei bewegen:

„Nicole!" Susanne öffnete ihre Augen und stürmte auf Nicole zu. Selten, vielleicht nie zuvor, war sie so erfreut darüber, Nicoles Stimme zu hören. „Du bist unbezahlbar, Nicole!" rief sie und schloß ihre ziemlich verwirrte Freundin in die Arme.

„Was ist denn mit dir los?" wollte Nicole wissen.

„Später", sagte Susanne, „später."

„Ihr scheint ja einen netten Tag gehabt zu haben!"

Thomas hatte sich zu den beiden gesellt und grinste über sein ganzes Gesicht.

„Thomas, halt einfach deinen Mund, ja?" Nicole funkelte ihn an.

Völlig überrascht von Nicoles Reaktion wich Thomas ein paar Schritte zurück und murmelte: „Ist ja gut, ich meinte ja nur, ich wollte…"

Nicole sah ihn mit einem durchdringenden Blick an und er schwieg.

„Die Señoritas haben sicher zu besprechen viel, ich werde dann gehen für heute!"

Antonio hatte sich seine Sonnenbrille wieder aufgesetzt und winkte den beiden zu, während er sich langsam entfernte und die Straße hinunter ging.

„Si!" sagte Nicole, „hasta luego!"

„Hasta luego!" rief Antonio und verschwand winkend um die nächste Ecke.

„Komm, Susanne, lass uns reingehen und dann erzähl´, was passiert ist!"

„Danke, Nicole!" schluchzte Susanne und drückte sich eng an Nicole.

„Nun komm schon!" rief Nicole Thomas zu, der noch immer ein Stück abseits stand, „oder willst du hier übernachten?"

„Nein, eigentlich nicht." Thomas folgte den beiden durch das Tor und schloß es hinter sich.

Ein Stück weiter die Straße hinauf ließ ein Mann in einem zerknitterten Anzug seine Zigarettenkippe auf den Boden fallen und trat sie aus:

„Hab´ ich euch! Diesmal entkommt ihr mir nicht, ihr verfluchten Gringos!"

Etwa eine Stunde später betraten Nicole und Susanne das Zimmer von Andreas und Thomas. Die beiden saßen auf Thomas Bett und hatten um sich herum eine Reihe von Zetteln verteilt, auf denen irgendetwas geschrieben war.

„Da seid ihr ja endlich!" sagte Andreas als er die beiden sah und fügte hinzu, nachdem er einen Stoß von Thomas Ellenbogen in die Seite bekommen hatte: „Wir hatten uns schon Sorgen gemacht."

„Das wollen wir auch hoffen!" sagte Susanne und ging zielstrebig auf das leere Bett zu. „So", sie ließ sich auf die Matratze plumpsen, „nun erzählt mal."

„Wer?" wollten Thomas und Andreas wissen.

„Na, ihr beide, wer denn sonst!" Susanne schüttelte den Kopf, „ihr hattet doch jetzt genug Zeit, nachzudenken, oder?"

„Nachzudenken, worüber?" Andreas schaute ratlos zu Thomas.

„Ja, worüber, Susanne?" fragte der.

„Nun stellt euch nicht so an: Was machen wir?"

„Na, ihr hattet doch genauso viel Zeit wie wir!" protestierte Andreas.

„Wir mußten uns mit anderen, wichtigeren Dingen befassen", sagte Nicole und setzte sich neben Susanne.

„Was für…" begann Andreas und wurde durch einen erneuten Stoß in seine Rippen unterbrochen: „Ach so, natürlich, verstehe", stammelte er und schaute beschämt nach unten. Er hatte ganz vergessen, daß Susanne ein nicht ganz so angenehmes Erlebnis überstanden hatte. „Wir hatten uns das so gedacht…" Andreas stand auf, als wenn er eine bedeutende Rede zu halten gedachte: „Ach, Thomas, erklär´ du das doch schnell, es war ja schließlich deine Idee", sagte er dann und ließ sich wieder auf das Bett fallen.

„Meine was?" Thomas schaute Andreas überrascht an.

„Deine Idee", wiederholte Andreas.

„Ja, erzähl´, wir sind schon sehr gespannt!" Nicole schaute erwartungsvoll zu Thomas.

„Nun", Thomas erhob sich, „nachdem unsere Suche nach dieser Conchita nicht ganz wie geplant gelaufen ist…"

„Du meinst, eher `verlaufen´ ist?" feixte Andreas.

„Wir haben uns genau nach der Beschreibung von Carlos gerichtet", unterstützte Nicole Thomas, „aber da waren so viele Straßen mit kleinen Häusern an der Ecke, die ein rotes Dach haben", sie holte tief Luft und atmete geräuschvoll aus, „und die Straßen in diesen Vierteln haben auch keine richtigen Namen."

„Du brauchst dich nicht zu entschuldigen", sagte Susanne, „uns wäre das bestimmt genauso gegangen, nicht Andreas?"

Andreas horchte auf: Susanne hatte „uns" gesagt und sie hatte ihn persönlich angesprochen. Seine Laune besserte sich zusehends. Immerhin hatte er den halben Tag damit verbracht, auf ihre Rückkehr zu warten, während sie mit diesem Antonio unterwegs gewesen war.

„Vermutlich, Susanne", sagte er, „entschuldigt."

„Schon gut." Thomas setzte sich wieder auf das Bett und schaute die gegenüberliegende Tür an: „Nachdem, was Nicole heute früh gehört hat, erscheint es mir nicht sinnvoll, heute Nacht zum Sternenhaus zu gehen. Es wird bestimmt auffallen, wenn wir das Haus um diese Zeit verlassen." Die drei anderen nickten zustimmend. „Aber hin müssen wir, da führt kein Weg vorbei." Die anderen nickten wieder zustimmend. „Ins Museum sind wir auch nicht gekommen, weil…"

„Tut mir leid", sagte Susanne, „nein, eigentlich nicht: denn bis auf das Ende war es ein sehr schöner Tag! Vielleicht habe ich ja auch überreagiert."

„Hast du nicht, Susanne", sagte Nicole, „und das der

Tag ansonsten für dich schön war, freut uns alle, oder?"
Nicole schaute in die Runde und auch Andreas nickte
verhalten.

„Wie dem auch sei, wir müssen das morgen
nachholen: Das mit dem Museum, das mit dem
Sternenhaus und natürlich auch das mit dieser
Conchita", dabei sah er Nicole an: „Während des
Abendessens wird dir ein wenig übel werden und du
wirst dich entschuldigen. Dann gehst du zu Carlos und
lässt dir den Weg noch einmal ganz genau erklären."
Nicole nickte. „Und nimm dir diesmal einen Stift und
einen Zettel mit, damit du alles aufschreiben kannst."

„Mach´ ich", sagte Nicole kleinlaut, die das beim
ersten Mal nicht für nötig gehalten hatte. Das Ergebnis
hatte sie irgendwo ins Nichts des unendlichen
Häusermeeres der Vororte geführt und sie hatten
länger gebraucht, wieder an eine bekannte Stelle zu
gelangen, als sie gebraucht hatten, um sich zu
verlaufen.

„Später kommst du zurück in den Saal, weil es dir
schon etwas besser geht. Nach dem Essen ziehen wir
uns auf unsere Zimmer zurück und das war´s dann für
heute. Wir sollten zeitig schlafen gehen, weil wir
morgen nicht zu spät aufbrechen sollten."

„Aufbrechen, wohin?" wollte Andreas wissen.

„Susanne und du ins Museum. Apropos Museum",
Thomas blickte in Susannes Richtung: „wird dieser
Antonio wieder da sein?" Susanne zuckte mit den
Schultern. „Hoffen wir das Beste! Wir verlassen das
Haus alle zusammen und Nicole und ich werden dann
einen zweiten Versuch unternehmen, diese Conchita zu
finden. Anschließend treffen wir uns dann auf dem
Parkplatz oben am Sternenhaus. Einverstanden?"

Es klopfte. Thomas hielt seinen Zeigefinger an seine
Lippen.

„Herein", sagte Nicole.

Anna betrat das Zimmer: „Don Alfredo erwartet die Herrschaften zum Essen", sagte sie mit einer Stimme, die keinen Widerspruch duldete.

„Wir kommen, Anna, danke", erwiderte Nicole und die vier folgten der alten Haushälterin nach unten.

Mittwoch, 15. April

Pablo zuckte zusammen und öffnete die Augen: Wo war er? Er schaute um sich und sein Blick fiel auf die weiße Mauer mit dem eisernen Tor. Langsam erinnerte er sich wieder: Diese Gringos wohnten dort. Sie waren durch das Tor verschwunden und er hatte beschlossen, so lange zu warten, bis die Bewohner des Hauses zu Bett gegangen waren. Dann wollte er einen Blick in das Innere, vor allem in das Innere des Zimmers der beiden Gringos werfen. Beim Warten mußte ihn die Müdigkeit übermannt haben und er hatte die ganze Nacht verschlafen.

Jetzt wurde es bereits hell. Die Nacht und seine Chance, unbemerkt ins Haus zu gelangen, waren vorbei. Pablo zündete sich eine Zigarette an.

„Du hast Zeit", sagte er zu sich selbst und zog genüsslich an seinem Glimmstängel. Er ließ seine Hand an der Seite hinunterfallen und stieß auf etwas Weiches.

„Weg, du Flohschleuder!" sagte er. Der Hund, der an seiner Seite lag, rührte sich nicht: „Hau ab, du Mistvieh!" er gab ihm einen Stoß mit dem Ellenbogen in die Seite. Der Hund jaulte kurz auf, hob seinen Kopf und sah Pablo mit seinen großen braunen Augen an. Pablo griff in die linke Tasche seines Jacketts und zog ein Stück Zucker heraus: „Hier!" sagte er und hielt es dem Hund hin, „mehr habe ich nicht. Friss und verschwinde!" Der Hund nahm das Zuckerstück von Pablos Hand und leckte schwanzwedelnd über dessen Gesicht. „Nein, lass das, nicht!" Pablo versuchte erfolglos, den Hund wegzustoßen.

Langsam stand er auf. Der Hund bewegte sich

winselnd um ihn herum. „Verschwinde!" Ein Tritt ließ den Hund erneut aufjaulen. Er zog seinen Schwanz ein und setzte sich an die Mauer auf der anderen Straßenseite, den Blick nicht von Pablo lassend.

„**A**uch wenn unser Verhältnis nicht immer das Beste war, weißt du, daß du dich auf mich verlassen kannst", Commissario Leonardo-Silvero stand am Fenster seines kleinen Büros und blickte auf die Straße, auf der sich Tag und Nacht die Autos vorbeiquälten, „ich hoffe nur, du weißt, was du tust!"

Er drehte sich um und sah Francesco an. Der saß mit übergeschlagenem Bein und einem Zigarillo in den Mundwinkeln auf einem jener unbequemen Bürostühle, wie es sie überall gab in den öffentlichen Gebäuden und lächelte den Commissario freundlich und zufrieden an:

„Du kennst mich, Enrique."

„Eben drum, Francesco."

„Es ist nicht ungefährlich, es ist nicht ganz legal, aber ich sehe keine andere Möglichkeit mehr, um die Sache aus der Welt zu schaffen."

„Francesco, wie haben sich die Zeiten verändert? Was wird, wenn es uns nicht mehr gibt?" Er setzte sich auf den Stuhl gegenüber: „Mein Stellvertreter, ein aufstrebender junger Mann, er ist ein guter Polizist, gewiß, aber ihm fehlt das Herz. Er weiß nichts mehr anzufangen mit Begriffen wie Treue oder Tradition. Für ihn zählt einzig und allein der Verstand."

„Er ist nicht der Einzige, der so denkt, die meisten tun es; aber nicht alle!" Francesco beugte sich vor: „Und das lässt mich hoffen, Enrique!" Er lächelte und zog eine kleine Flasche aus einer seiner Manteltaschen.

Der Commissario nahm zwei kleine Gläser aus einer
Schublade seines Schreibtisches und die beiden
stießen an:
„Auf die alten Werte!"
„Auf die alten Werte!"

„Na endlich!" Pablo schnippte seine Zigarette in
hohem Bogen von sich und drückte seinen Körper
gegen die Haustür, vor der er gestanden hatte, seit er
erwacht war. Das Tor in der weißen Mauer hatte sich
geöffnet und die vier Gringos hatten die Straße betreten
und bewegten sich nun linker Hand in Richtung
Hauptstraße. Pablo folgte ihnen unauffällig. Zwei
Straßenzüge weiter fluchte er leise:
„Was machen sie denn nun?" Er starrte zur nächsten
Ecke, an der die Gringos eben noch gestanden hatten.
Jetzt bewegten sich zwei weiter die Straße hinunter und
zwei überquerten sie. „Wen?" fragte er sich. Dann
rannte er über die Avenida Suarez und folgte Nicole
und Thomas.
    Susanne und Andreas gingen bis zur nächsten Ecke
und bestiegen den Bus, der sie zum Museum bringen
sollte.

„Ist das nicht herrlich hier?" Nicole hüpfte die Straße
entlang und mit ihrem langen dunkelblauen Rock und
dem weißen T-Shirt sah sie aus wie eines der
Mädchen, die in ihren Schuluniformen immer wieder an
ihnen vorbeikamen.
    „Ja, toll", sagte Thomas, der ein Stück hinter ihr die
Straße entlangging und immer wieder auf den Zettel in
seiner linken Hand schaute.
    „Was ist?" Nicole war stehengeblieben und schaute

ihn an, „du wirkst so ernst!"

Thomas schaute schweigend nach unten.

„Ja, ich weiß, das alles ist ziemlich belastend und du hast dir deinen Urlaub bestimmt ganz anders vorgestellt, aber sieh doch…", sie streckte ihre Arme aus, „die Sonne und der blaue Himmel, die Bäume, die kleinen Häuser,…"

Thomas war noch immer mehr mit seinem Zettel, als mit Nicole beschäftigt,

„…und wir", schloß sie ihren Satz.

Er schaute zu Nicole, die nun ein Stück weiter vor ihm vor einem blühenden Was-Wußte-Er-Baum stand und vergaß seinen Zettel. „Bezaubernd", dachte er, „einfach bezaubernd und du denkst an irgendwelche Kreuze und Ringe!" Er faltete das Blatt zusammen und steckte es in eine seiner Hosentaschen während er sich langsam Nicole näherte.

Beide standen sich Gesicht an Gesicht gegenüber und nur ein Wimpernschlag lag zwischen ihnen. Thomas schloß seine Augen und legte seine Hände um Nicoles Hüften. Nicole spitzte ihre Lippen und erwartete die Berührung von seinen.

„Ist das dein Mann?" Nicole öffnete die Augen, Thomas nahm seine Hände von Nicole und trat einen Schritt zurück. Neben Nicole stand ein kleines Mädchen, das sie mit großen braunen Augen ansah.

„Ja, das heißt…", Nicole wurde rot, aber Thomas sah sie mit strahlenden Augen an: „Doch, ja, mein Mann", sagte sie und sah das kleine Mädchen freundlich an, „und, wer bist du?"

„Cassiopeia"

„Das ist ein sehr schöner Name", sagte Nicole.

„Den habe ich von meiner Oma!" die Kleine strahlte.

„Wohnst du hier bei deiner Oma?" wollte Nicole wissen.

„Nein, die kenne ich nicht."

„Und deine Mama?"

„Die kenne ich!" sagte Cassiopeia erfreut.

Thomas mußte lachen und auch in Nicoles Gesicht sah man, daß es ihr nicht leicht fiel, ernst zu bleiben.

„Ich heiße Nicole und das ist Thomas", sagte Nicole, „wir sind hier zu Besuch und schauen uns die Stadt an."

„Das ist schön", sagte Cassiopeia, „wohnt ihr hier?"

Thomas und Nicole sahen sich an:

„Nein", sagte Thomas, „wir kommen aus einem Land, das ganz weit weg ist."

„Weiter als da, wo Onkel Manuel wohnt?"

„Ich weiß nicht, wo…" begann Thomas, „viel weiter", sagte er dann nach einem kurzen Blick in Cassiopeias Gesicht.

„Ich wohne hier", sagte die Kleine stolz, „da hinten." Ihr Finger zeigte nach links, die Straße hinauf.

Weder Thomas noch Nicole wußten genau, welches der Häuser sie meinte, da alle ziemlich gleich aussahen und es sehr viele davon gab.

„Ein schönes Haus", sagte Nicole und sah Thomas an.

„Ja, sehr schön", sagte der.

„Wir wohnen alle da, aber Papa ist Arbeiten." Cassiopeia nahm Nicoles Hand: „Komm", sagte sie und zog an ihrem Arm, „ich zeige dir was!"

„Darf mein Mann auch mitkommen?" fragte Nicole.

Cassiopeia musterte Thomas eine ganze Weile. „Ich glaube, das ist in Ordnung", sagte sie dann und zog weiter an Nicole.

Die beiden folgten Cassiopeia, die immer wieder stehen blieb, auf alle möglichen Dinge zeigte und ihre Erläuterungen dazu gab, die Straße hinauf.

„Meinst du, wir schaffen es noch, rechtzeitig zu dieser Conchita zu kommen?" wollte Thomas wissen.

„Keine Ahnung, ich denke schon, aber…", sie deutete mit ihrer freien Hand auf Cassiopeia, „wir können die Kleine jetzt doch nicht einfach stehenlassen!"

Thomas nickte verständnisvoll: „Machen wir das Beste draus."

„Hier rein!" sagte Cassiopeia, die vor einem kleinen, weißgetünchten Haus stehengeblieben war.

„Wohnst du da?"

„Ja und Mama auch", sagte sie und verschwand im Innern.

Thomas und Nicole folgten ihr. Vor ihnen lag der Raum, in dem vor acht Tagen Conchita Carlos überredet hatte, wieder zu Diego zu gehen, aber das wußten sie noch nicht. Sie sahen sich um: Die Wände waren nahezu kahl, nur an einer Stelle hing ein hölzernes Kreuz über einem Bild, das die Mutter Gottes zeigte. Davor stand ein kleines Schränkchen, auf dem ein paar Bilderrahmen standen, in denen sich vergilbte Schwarzweißfotos befanden. Thomas ging zu dem Schränkchen und betrachtete die Aufnahmen. Nicole war damit beschäftigt, eine Unterhaltung mit Cassiopeias Lieblingspuppe, die gleichzeitig auch ihre einzige war, zu führen. Die Puppe hieß `Muneca´ und hatte viele, viele Fragen an den Gast. Außerdem wurde Nicole zum Tee eingeladen, den sie an dem alten Holztisch nahmen.

„Noch eine Tasse?" wollte Cassiopeia wissen.

„Gerne", sagte Nicole und hielt ihre Hand so, als wenn sich in ihr eine Tasse befände. Cassiopeia schenkte aus einer imaginären Teekanne erst Nicole und dann sich selbst und ihrer Puppe ein.

„Zucker?"

„Nein, danke."

„Ich mag ihn ganz süß, Muneca auch. Hast du einen Bruder?"

„Nein, aber eine kleine Schwester."

„Ich auch, aber die ist größer und José auch."

„Ist José dein Bruder?"

„Ja. Er ist mit Mama bei Onkel Manuel", sie sah traurig auf den Boden, „wegen Papa."

„Was ist denn mit deinem Papa?" Nicole sah das kleine Mädchen an.

„Papa ist weg. José sagt, er kommt nicht wieder und Mama sagt, das stimmt nicht und ich bin noch zu klein dafür."

Reflexartig streckte Nicole ihre beiden Arme aus und Cassiopeia warf sich ihr an die Brust.

„Dein Papa kommt wieder, bestimmt", sagte sie.

„Nicole!" Thomas Stimme drang von sehr weit weg zu Nicole durch: „Schau dir das hier mal an!"

Nicole drehte ihren Kopf zur Seite, ohne Cassiopeia loszulassen. Thomas stand noch immer vor dem Schränkchen und schwenkte einen Bilderrahmen.

„Was ist damit?"

„Rate, wer da drauf ist!"

„Keine Ahnung, verrätst du es mir?"

„Eine junge Frau mit einem kleinen Mädchen auf dem Schoß und…" Thomas machte eine extralange Pause: „Don Alfredo!"

„Nein!"

„Doch! Er ist natürlich viel jünger, aber er ist es auf jeden Fall. Und es wird noch besser, viel besser." Thomas wirkte erregt: „Die Frau hat etwas um den Hals, das wie unser Kreuz aussieht!" Jetzt war Nicoles Neugier endgültig geweckt. Sie stand langsam auf und ging mit Cassiopeia im Arm zu Thomas.

„Zeig her", sagte sie und nahm den Bilderrahmen. Sie betrachtete das Bild: „Tatsächlich, das könnte er sein und auch das Kreuz." Sie schaute zu Thomas: „Was hat das nun wieder zu bedeuten?"

„Ich weiß es nicht." Thomas stellte das Bild zurück an seinen Platz.

„Was ist auf den anderen Fotos?"

„Ein großes Haus, vor dem eine ganze Menge Menschen stehen. Aber die Aufnahme ist so unscharf, daß man keine Gesichter erkennen kann. Dann noch das Portrait von einer jüngeren Frau und das eines jüngeren Mannes." Thomas zeigte jeweils auf die Fotos und Nicole folgte mit ihren Augen seiner Hand.

„Nicht sehr ergiebig", gab Nicole zu.

„Mama!" sagte Cassiopeia und zeigte auf das Kind, das die junge Frau auf dem Schoß hatte. Thomas und Nicole sahen sie an:

„Das ist deine Mama?" Cassiopeia nickte und legte ihren Kopf wieder an Nicoles Seite.

„Ihre Mutter?" Thomas wirkte vollständig verwirrt.

„Es wird nicht einfacher", sagte Nicole.

„Du sagst es."

„Wer sind die?" Alle drei drehten sich in die Richtung, aus der die Stimme gekommen war. Im Türrahmen stand ein anderes kleines Mädchen. Es war etwas größer als Cassiopeia und hatte im Gegensatz zu ihr fast schwarze Haare.

„Maria!" Cassiopeias Augen leuchteten und sie rannte zur Tür und ergriff ihre Schwester an der Hand: „Sie sind von ganz weit weg und das ist ihr Mann", sagte sie.

Maria legte ihre Arme schützend um die Schultern von Cassiopeia und schaute die beiden Fremden misstrauisch an.

„Wir sind hier zu Besuch und Cassiopeia hat uns euer Haus gezeigt", sagte Nicole beruhigend, „ich bin Nicole und das ist Thomas."

„Wo seid ihr zu Besuch?"

„Bei Freunden weiter unten in der Stadt", sagte Nicole.

„Und was macht ihr hier oben?"

„Wir…" begann Nicole.

„…machen einen Ausflug", ergänzte Thomas.

„Was ist ein Ausflug?" Cassiopeia schaute ihre Schwester an.

„Wenn du von zu Hause weggehst", sagte Maria.

„Dann machen Mama und José auch einen Ausflug?"

„Ja, Cassiopeia." Maria schaute Thomas und Nicole an: „Cassiopeia ist noch klein. Ihr müsst draußen bleiben, Mama will nicht, daß fremde Leute ins Haus kommen, wenn sie nicht da ist."

„Natürlich, das ist richtig", sagte Nicole und gab Thomas ein Zeichen, das Haus zu verlassen.

„Müsst ihr gehen?" fragte Cassiopeia.

„Ja, leider, wir haben noch einen weiten Weg bis nach Hause." Nicole hockte sich vor Cassiopeia, „aber wir können ja morgen wiederkommen, vielleicht ist dann deine Mutter zu Hause."

„Ja, das wäre sehr schön", sagte Cassiopeia und lächelte. Dann schlang sie ihre Arme um Nicoles Hals und drückte ihr einen Kuss auf die Wange: „Ich mag dich!"

„Ich dich auch", sagte Nicole. Sie fasste sich mit den Händen hinten an den Hals und löste den Verschluss ihrer Kette. „Hier, die schenke ich dir", sagte sie und hielt sie Cassiopeia hin.

„Für mich?" Das kleine Mädchen strahlte, „ich hatte noch nie eine Kette, Mama hat eine, aber die hat Papa jetzt. Kannst du sie mir ummachen?" Nicole hängte ihr die Kette um den Hals. Cassiopeia sah auf den kleinen viereckigen Anhänger: „Was steht da drauf?"

„Das ist ein `C´" sagte Nicole, „das ist der erste Buchstabe von Cassiopeia."

„Das ist mein Name!" Sie hüpfte begeistert auf der Stelle. „Darf ich Mama die Kette zeigen?"

„Natürlich."

„Und auch meiner Puppe?"

„Der auch."

„Muneca, schau, was ich bekommen habe!" rief Cassiopeia und verschwand „hasta mañana" rufend im Haus.

Maria hatte die ganze Zeit ein paar Schritte weiter an einen der Bäume gelehnt gestanden, die in unregelmäßigen Abständen die Straße säumten.

„Das war sehr nett von dir, danke", sagte sie und folgte dann ihrer Schwester ins Haus. Hinter ihr fiel die Tür ins Schloß.

Nicole und Thomas schauten erst auf die geschlossene Tür und anschließend sich an.

„Das war super von dir!" sagte Thomas, „die Kleine hat dich in ihr Herz geschlossen."

„Ich mag sie auch."

„Aber, diese Kette, wieso steht da `Cassiopeia´ drauf?"

Nicole schaute auf die andere Straßenseite und schwieg.

„Schon gut, geht mich ja nichts an."

„Später, ja?" sagte Nicole und dachte an Christian, der in den letzten Tagen völlig aus ihren Gedanken verschwunden war.

Thomas schwieg und die beiden machten sich auf den Weg zum Sternenhaus.

„Ein verlorener Tag und eine schwachsinnige Idee!" Pablo fluchte laut vor sich hin, während er sich eine neue Zigarette anzündete. „Dein Leben ist nicht mehr so viel wert", sagte er und führte zwei seiner Finger ganz dicht übereinander. Dann warf er die leere Zigarettenschachtel in hohem Bogen von sich, „und du verbringst deine kostbare Zeit damit, zwei verliebten

Teenagern hinterherzulaufen, die völlig ziellos durch die Stadt irren!"

Pablo schwitzte wieder. Er dachte darüber nach, ob es Sinn machte, den beiden weiter zu folgen. Da ihm im Augenblick nichts Besseres einfiel, ergab er sich einmal mehr in sein Schicksal und beschleunigte seinen Schritt um die beiden nicht aus den Augen zu verlieren.

Eine gute Stunde, viele Schweißperlen und eine weitere Schachtel Zigaretten später bereute Pablo seinen Entschluß: Er befand sich einmal mehr auf dem Parkplatz in der Nähe des Sternenhauses. In einiger Entfernung hatten sich Nicole und Thomas bei einer kühlen Cerveza niedergelassen und unterhielten sich angeregt. Pablo tupfte sich den Schweiß von der Stirn so gut es eben ging. Die beiden machten nicht den Eindruck, als wenn in nächster Zeit irgendeine Aktivität von ihnen zu erwarten wäre.

„Auch das noch!" schimpfte Pablo: seine Zigaretten waren mal wieder aufgebraucht. Er begab sich zu einem der Verkaufsstände, um seinen Bestand zu erneuern. Vor ihm war eine kleine Gruppe englischsprechender Touristen dabei zu versuchen, Getränke zu bestellen, was Pablo sehr amüsierte. Es war das erste Mal seit längerer Zeit, daß ein Lächeln um seine Mundwinkel spielte. Er lächelte noch immer, als er sich endlich die nächste Zigarette anstecken konnte. Sein Blick wanderte zu Nicole und Thomas und das Lächeln verschwand augenblicklich wieder: Die beiden waren nicht mehr zu sehen! Pablo fluchte und wollte sich gerade in die Richtung ihrer letzten Position in Bewegung setzen, als er eine Hand auf seiner Schulter spürte:

„Hola, Pablo!" Pablos Gesicht verlor jede Farbe und die Zigarette fiel aus seinem Mund: Er kannte diese

Stimme. „Willst du mich nicht begrüßen, alter Freund!"

Langsam drehte sich Pablo um und sah in das Gesicht von José.

„Ha, Hallo", stotterte er, „schön, dich zu sehen. Was für ein Zufall. Ich habe gerade an Don Martinez gedacht, ich war eigentlich auf dem Weg zu ihm." Pablo versuchte, zu lächeln aber sein Gesicht glich eher einer schmerzverzerrten Grimasse.

„Zufall, ja, was für ein Zufall!" José grinste und wendete sich seinen beiden Begleitern zu: „Habt ihr gehört? Pablo war gerade auf dem Weg zu Don Martinez!" Alle grinsten.

„Wirklich, José das ist die Wahrheit. Du kannst mir glauben, ich mußte nur noch vorher kurz etwas erledigen."

„Natürlich, wir glauben dir, du warst schon immer eine ehrliche Haut, Pablo."

Pablos Kehle schnürte sich immer mehr zu. Er suchte verzweifelt nach einem Ausweg, aber seinen letzten Trumpf wollte er nicht zu früh aus der Hand geben.

„Du zitterst ja, Pablo, ist dir nicht gut? Komm, du mußt dich etwas ausruhen. Die letzten Tage waren bestimmt anstrengend für dich." José zeigte in Richtung Straße, wo die Limousine stand. Pablo rührte sich keinen Millimeter. „Ich glaube, unser guter Pablo hat einen Schwächeanfall", sagte José zu seinen Begleitern, „helft ihm in den Wagen!"

Einige Minuten später hielt der Wagen vor einem sehr großen schmiedeeisernen Tor, dessen Farbe schon an vielen Stellen abgeblättert war und auch die beiden großen Steinsäulen, die die Torflügel hielten, schienen ihre beste Zeit lange hinter sich zu haben. Auf der Spitze der linken Säule befand sich ein überlebensgroßer Schwan aus weißem Marmor, der aufrecht stand und seine Flügel ausgebreitet hatte. Ihm gegenüber stand, ebenfalls aus weißem Marmor und überlebensgroß, die Statue einer jungen Frau, die ein mit Sternen besetztes Gewand trug.

Pablo versuchte sich zu orientieren, aber ihm war dieser Ort nicht bekannt. Kaum hatte der Wagen gehalten, öffnete sich das Tor wie von Geisterhand und schloß sich gleich hinter ihnen wieder. „Gefangen!" dachte Pablo und begann noch stärker zu schwitzen, wenn dies überhaupt möglich war.

Die Limousine bewegte sich langsam einen sehr gewundenen Sandweg entlang, der schon wenige Meter hinter dem Tor von wucherndem Grün den Blicken Neugieriger entzogen wurde.

„Ist das nicht zu riskant?" vernahm Pablo die Stimme des links neben ihm Sitzenden.

„Nein, mach dir keine Sorgen, Silvio, es ist sicher", antwortete José, der rechts von Pablo saß.

„Wenn Don Martinez davon erfährt, José,…"

„Keine Sorge, er wird nichts erfahren. Genug davon jetzt."

Silvio schien nicht überzeugt zu sein, zog es aber vor, José nicht zu widersprechen.

Das Gehirn von Pablo hatte wieder zu arbeiten begonnen: Irgendetwas stimmte hier nicht, wenn Don Martinez eine Gefahr für José darstellte, dann lief etwas so, wie es nicht sollte und das ließ seine Chancen ein kleines bißchen steigen. Er wollte mit seiner linken Hand nach seinem Taschentuch greifen, was jedoch augenblicklich durch Silvios Eingreifen unsanft verhindert wurde.

„Ich wollte nur…", sagte Pablo und deutete mit der anderen Hand auf seine schweißüberströmte Stirn.

„Laß ihn, Silvio", sagte José lächelnd, „wir wollen doch, daß unser Gast sich wohlfühlt."

Dankbar griff Pablo nach dem Tuch, das mindestens genauso feucht wie seine Stirn war und verbrachte die restliche Zeit bis zum Halt des Wagens mit dem Abtupfen selbiger.

Francesco betrat die große Halle durch einen nur Wenigen bekannten Eingang in der Wandtäfelung. Einige Sonnenstrahlen drangen durch die an vielen Stellen durchlöcherten schweren Samtvorhänge und tauchten den riesigen Raum in ein diffuses, unwirkliches Licht. Er überlegte, wann er das letzte mal diesen Raum, dieses Haus überhaupt, betreten hatte: „Es ist eine Ewigkeit her!" sagte er zu sich selbst. Er lenkte seinen Schritt auf eine große, zweiflügelige Tür am hinteren Ende der Halle. Vorsichtig öffnete er sie und glitt in den dahinterliegenden Raum. Auch hier war die Zeit nicht spurlos vorbeigegangen, aber was man noch erkennen konnte, ließ den Glanz erahnen, den dieses Gebäude einmal ausgestrahlt haben mußte.

„Nun, da bin ich wieder!" Francesco war vor einem großen Wandbild stehengeblieben, das sich über dem Kamin erhob und einen Mann und eine Frau darstellte, auf deren Schoß ein kleines Mädchen saß. Erst nach einigen Minuten konnte er seinen Blick von dem Bild lösen. Langsam bewegte er sich durch den Raum: In der Mitte stand ein riesiger Tisch mit vielen alten Stühlen, deren Bezüge mottenzerfressen waren, aber man konnte noch deutlich die eingestickten Schwäne erkennen. Zwischen ihnen schimmerten goldene Sterne. Die hohen Lehnen der Stühle waren ebenfalls verziert mit geschnitzten Darstellungen von Schwänen, die hier von Sternen eingefasst waren. An den Wänden rundherum hingen die Portraits der unterschiedlichsten

Personen. Francesco schien sie alle zu kennen. Auf einem, das einen jungen Mann mit ebenmäßigen Gesichtszügen und langem, dichtem, dunklen Haar zeigte ließ er seinen Blick besonders lange ruhen:

„Ja, alter Junge", sagte er zu sich selbst und fuhr sich dabei mit den Fingern durch sein ergrautes und nicht mehr ganz so dichtes Haar, „die Zeit verrinnt und auch du kannst sie nicht aufhalten!"

Ein Geräusch ließ ihn Herumfahren. Francesco preßte seinen Spazierstock unter den rechten Arm und hielt ihn vor sich wie den Lauf einer Flinte. Ganz vorsichtig bewegte er sich in die Richtung, aus der er noch immer eine Art schlurfen hörte.

Er verließ das Kaminzimmer und folgte einem langen, schmalen Gang, der zum Küchentrakt führte. Das Geräusch war noch immer vor ihm, schien sich aber langsam zu entfernen. Auf dem Boden war eine Art Schleifspur im Staub zu sehen. Francesco bückte sich und drückte seinen rechten Zeigefinger auf eine dunkle Stelle am Boden:

„Blut!" flüsterte er und wischte sich den Finger mit seinem Taschentuch, das er anschließend wieder sorgfältig in seiner Tasche verschwinden ließ.

Viel Licht drang nicht auf den Gang, was aber im Moment nicht von Nachteil für ihn war. Im Gegenteil, er kannte dieses Haus wie nur Wenige und konnte sich hier in fast absoluter Dunkelheit sicher bewegen. Die Spur führte nun eine schmale Treppe hinunter in den Keller. Von unten war das angestrengte Atmen eines Menschen zu hören. Stufe für Stufe stieg Francesco hinab, immer gewahr, jeden Augenblick unvermittelt einem Gegner gegenüberzustehen.

„Velasquez?" Josés Stimme hallte durch das verlassene Haus, „wo bist du? Wir sind da!" José blickte sich zu seinen Begleitern um: „Ich möchte wissen, wo der schon wieder steckt!"

„Wahrscheinlich liegt er in irgendeiner Ecke und schläft seinen Rausch aus!" Silvio lachte und zeigte seine schwarzen Vorderzähne.

„Ist auch kein Wunder", sagte Fernando, „wenn ich mich tagelang in so einem unheimlichen Haus verstecken müsste, würde ich auch nichts anderes tun als Saufen!"

„Ruhig!" José hob seinen rechten Arm, „was war das?"

„Was?" Fernando sah José fragend an.

„War da nicht ein Geräusch?"

„Ich habe nichts gehört", sagte Fernando.

„Ich auch nicht", stimmte Silvio zu.

„Da war was, ich bin sicher." José zog seine Waffe: „Du kommst mit, Silvio, du", er zeigte auf Fernando, „bleibst bei unserem Freund hier!"

José und Silvio entfernten sich langsam mit gezogenen Pistolen.

Fernando bedeutete Pablo, sich auf einen Stuhl zu setzen und sich mucksmäuschenstill zu verhalten. Zur Unterstützung der Ernsthaftigkeit seiner Worte zeigte er Pablo die Klinge seines Messers aus nächster Nähe. Es hätte nicht dieser Verdeutlichung bedurft, Pablo hatte im Augenblick keinerlei Absicht, sich zu entfernen. Er hatte überhaupt nur noch eine Chance, wenn er weiterhin einen klaren Kopf behielt. So hatte er beschlossen, sich in sein Schicksal zu ergeben und abzuwarten.

Francesco hatte sich in eine Nische gedrückt, gerade noch rechtzeitig, um nicht mit dem Verursacher der Schleifgeräusche zusammenzuprallen, der nur einen Augenblick später aus einem Verschlag ein Stück weiter auftauchte und in Richtung Treppe an ihm vorbeihastete. Francesco hatte nicht erkennen können, um wen es sich handelte, das ließ sich auch noch später klären. Zunächst einmal war es wichtig, nicht entdeckt zu werden und herauszufinden, was oder wen der Unbekannte hier unten abgelegt hatte.

Francesco schlüpfte in den Verschlag: Zwischen Regalen und Holzstapeln lag etwas in der Mitte des Raumes. Es war ein relativ großer, lebloser Körper. Mit seinem Stock drehte er den Kopf so, daß er das Gesicht erkennen konnte. Francesco stieß einen leisen Pfiff aus:

„Bernardo!"

José und Silvio bewegten sich links und rechts gegen die Wand gepreßt den Kellergang entlang. Sie hörten schnelle Schritte auf sich zukommen und drückten sich noch fester gegen die Seiten des Kellerganges. Hinter einer Biegung tauchte eine schemenhafte Gestalt auf.

„Stehenbleiben, Hände hoch!" rief José. Die Gestalt sprang zur Seite und war verschwunden. „Wer bist du?" rief José und er und Silvio tasteten sich Zentimeter für Zentimeter an die Öffnung in der Mauer heran, in der der Unbekannte verschwunden war.

„Wer bist du?" fragte José noch einmal, „gib dich zu erkennen oder du wirst es bereuen!"

„José?" rief eine Stimme aus dem Innern des dunklen Loches, „José, bist du das?"

„Velasquez?" Josés Stimme vibrierte aufgeregt, „bist du es Velasquez?"

„Ja, José, ich bin es, Velasquez!"

„Streck die Hände nach vorne und komm raus, damit wir dich sehen können!"

„Ich komme. Nicht schießen, José, nicht schießen."

Einen Augenblick später tauchten zwei Hände gefolgt

von zwei Armen und dem Rest von Velasquez in der Öffnung auf.

„Velasquez!" José schien sehr erleichtert, „was ist passiert?"

„Er weiß es, José!"

„Wer weiß was?"

„Don Martinez! Er weiß alles."

„Blödsinn, er kann gar nichts wissen. Du warst zu lange in dem Haus und siehst Gespenster. Komm, wir gehen hoch. Nach ein, zwei Drinks fühlst du dich besser und dann kannst du berichten."

"Gut, José, gut, aber er weiß es, glaube mir, wenn ich dir erzählt habe, was..."

In diesem Augenblick hörten sie mehrere Schüsse.

José und Silvio waren noch keine fünf Minuten weg, als sich die Eingangstür öffnete. Fernando zog blitzschnell seine Waffe und richtete sie auf die im Türrahmen erschienene Gestalt:

„Cristobal!" sagte er und ließ die Waffe wieder sinken, „du hast mir vielleicht einen Schreck eingejagt. Du solltest doch beim Wagen bleiben!" Cristobal verzog keine Miene. „Was ist, hat es dir die Sprache verschlagen?" Fernando sah Cristobal an und fluchte: er sah, wie Blut aus dessen Mundwinkeln rann. Im Bruchteil einer Sekunde hechtete er zur Seite und suchte Deckung hinter einer Art eisernen Ofen. Keinen Moment zu spät: Cristobal sackte zusammen und ein Messer flog zu der Stelle, an der sich Silvio eben noch befunden hatte. Ein heiserer Aufschrei war zu hören und Pablos Kopf sackte nach vorne. Pablo Rodriguez kippte, das Messer mitten in der Brust, vom Stuhl auf den Boden. Fernando feuerte auf den Werfer, der getroffen vornüberkippte.

José, Velasquez und Silvio erschienen in der Öffnung des Ganges, der zu den Kellerräumen führte.

„Vorsicht!" rief Fernando, aber da war es schon zu spät: Silvio sackte getroffen zusammen.

„Ihr Schweine!" schrie Fernando und verließ seine Deckung, um auf den Schützen zu feuern. „Das sollt ihr mir..." begann er: Ein Loch in seiner Stirn verhinderte, daß er seinen Satz beendete. José und Velasquez zogen Silvio in den Gang zurück.

„Wir sitzen in der Falle!" sagte José.

Velasquez zitterte: „Ich habe dir gesagt, er weiß alles!"

„Aber, wie konnte er? Ich verstehe das nicht! Bist du dir sicher?"

„Bernardo war hier", sagte Velasquez.

„Bernardo?"

„Ja, das ist, was ich dir sagen wollte!"

„Und, wo ist er jetzt?"

„Er ist keine Gefahr mehr für uns. Ich war gerade dabei, ihn verschwinden zu lassen, als ich Geräusche von oben hörte. Mit Euch hatte ich noch nicht gerechnet, ich dachte, Bernardo sei nicht allein gekommen."

„Womit du offensichtlich recht hattest!" José legte die Stirn in Falten. „Silvio? Wie geht es dir?"

„Ist nicht so schlimm", stöhnte Silvio, „nur ein Streifschuss."

„Wir müssen Zeit gewinnen. Gibt es noch einen anderen Weg raus, Velasquez?"

„Ich glaube,..."

„Denk nach, du warst eine ganze Woche hier."

„Ganz hinten im Keller vielleicht, aber soweit bin ich nie gegangen."

„Dann geh´ jetzt!"

„Ich?" Velasquez stand die Angst ins Gesicht

geschrieben. „Warum denn ich?"

„Warum du? Weil sonst niemand da ist", sagte José und fügte in scharfem Ton hinzu: „und außerdem bist du ja wohl nicht ganz unschuldig an dieser ganzen Situation! Genau genommen haben wir sie dir zu verdanken!"

Velasquez sah José verständnislos an: „Ich, an der Situation…"

„Wer hat denn die ganze Sache versaut damals? Na, wer war das?"

„Ich konnte doch nichts dafür, das war Pech."

„Pech nennst du das? Du solltest das Päckchen abfangen, nachdem es an die Zielperson überbracht worden war. Das war eine klare Anweisung." José zischte die Worte wie eine Schlange: „Und was macht unser Intelligenzbolzen? Er denkt. Und was denkt er sich: Bringe ich mal schnell den Boten um, dann erspare ich mir viel Warterei und sicherer ist es auch noch."

„José, bitte. Es war ein Fehler, ja. Aber, wenn die Leute nicht aufgetaucht wären, dann hätte ich das Päckchen."

„Ach ja, ich vergaß", sagte José mit aller Ironie die er bei der in ihm aufsteigenden Wut noch in seine Stimme legen konnte: „wir wissen ja nicht nur nicht, wer der Adressat ist, das Päckchen haben wir ja auch nicht. Eigentlich haben wir gar nichts, nichts außer einem Haufen Ärger!" Er packte Velasquez am Kragen: „Und du fragst, warum **du** gehen sollst! Willst du noch ein paar Gründe oder ist eine Kugel dir lieber?"

Velasquez schluckte: „Nein, ich gehe, José, natürlich, ich bin schon weg." Einen Moment später war er im Halbdunkel verschwunden.

„**W**auw!" Andreas stand wie angewurzelt da und starrte auf das, was sich vor ihm am Ende der Lichtung erhob, die sie gerade betreten hatten: Das Sternenhaus.

„Das ist ja gigantisch!" Thomas schaute über die Schultern von Andreas und war ebenso beeindruckt.

„Ich habe mir das ganz anders vorgestellt", sagte Susanne und nahm ihre Brille ab, um sie zu putzen.

„Es liegt nicht an der Brille, Susanne, das Ding ist so groß", Nicole ließ sich auf einen Baumstamm fallen, „selbst wenn man sich das ganze Grünzeug wegdenkt ist es noch immer riesig."

„Und das steht seit zig Jahren einfach so leer, unvorstellbar!"

„Gehört es denn keinem?"

„Keine Ahnung", Thomas zuckte mit den Schultern.

„Pablito hat mir erzählt", Nicole schwieg einen Moment und schaute nach unten, „der Arme, was wohl mit ihm passiert ist?" Die anderen schauten ebenfalls betreten zu Boden.

„Wir können es nicht ändern! Vielleicht ist er ja wirklich nur bei seiner Familie!" sagte Andreas.

„Ja, vielleicht." Nicole sah wieder zu dem Haus, „er hat mir nicht viel erzählt, nur, daß das Haus gemieden wird, weil es dort spukt."

„Spukt?" fragte Andreas.

„Wie, du meinst, es gibt da Gespenster?" Susannes Stimme verriet leichtes Unbehagen.

„So genau weiß das niemand, sie sagen, wer das Haus betritt, verlässt es nicht wieder."

„Du meinst, man geht rein und kommt einfach nicht mehr raus?"

„Ja, Susanne, das bedeutet es." Andreas schüttelte seinen Kopf.

„Wie viele sind denn schon da drin?" Susanne schaute Nicole durch ihre geputzte Brille an.

„Geh doch rein und zähl einfach nach!" schlug Thomas vor.

„Ihr macht euch lustig über mich!"

„Gar nicht!" sagten Thomas und Andreas im Chor.

„Es heißt, das Haus verschlingt die, die es betreten, weil dort vor Jahren etwas Grauenvolles geschehen sein soll", fuhr Nicole unbeirrt fort.

„Hat Pablito dir auch gesagt, was dort passiert ist?"

„Das wußte er leider nicht genau, aber damals wurde in der ganzen Stadt davon gesprochen."

„Und, glaubt ihr das?" sagte Andreas betont kühl, „sollten wir dann besser umkehren?"

„Nein, jetzt sind wir hier und bringen es zu Ende!" sagte Thomas. Nacheinander schaute er die anderen an: „Andreas?"

„Wenn es denn sein muß, gut."

„Nicole?"

„Klar gehen wir. Deswegen sind wir schließlich gekommen!"

„Susanne?"

Susanne kaute auf ihrer Unterlippe herum und sah hilflos ihre Freundin an. In ihrem tiefsten Innern hatte sie gehofft, daß Nicole ein klares „Nein" aussprechen würde.

„Ich…" begann sie, „ich…"

„Nun mach schon, sag einfach ja, wir sind doch bei dir!" Andreas legte aufmunternd seinen Arm um ihre Schulter.

Susanne schaute ihn an, wie einen strahlenden Ritter, der sie gerade vor einem feuerspeienden Drachen gerettet hatte: „Jaaa…" hauchte sie und warf ihrem Helden einen schmachtenden Blick zu.

„Dann los", sagte Thomas und setzte sich in Richtung

auf das Sternenhaus in Bewegung.

Viele Minuten später hatten sie sich durch schulterhohes Gras gekämpft, waren mehrere Male über halbzerfallene Baumstämme gefallen und an irgendwelchen Dornen von irgendwelchen verwilderten Sträuchern des ehemals parkähnlichen Gartens hängengeblieben.

Nun standen sie direkt vor dem Gebäude und schauten an der imposanten Fassade empor.

„Wie hoch mag das sein?" wollte Susanne wissen.

„Sehr hoch", sagte Nicole, „lasst uns einen Weg nach drinnen suchen."

Die vier versuchten, eine Stelle zu finden, um ins Innere zu gelangen.

„Das kann doch nicht wahr sein," sagte Andreas, nachdem sie fast 20 Minuten an Fenstern gerüttelt, gegen Türen getreten und Schlingpflanzen zur Seite geschoben hatten, „irgendwo muß es doch eine Öffnung geben! Das Ding steht wer weiß wie lange leer, zerfällt und wird vom Dschungel überwuchert und nirgends ein Loch oder so etwas!"

„Unheimlich, nicht?" sagte Susanne, „das Haus will uns warnen, es zu betreten!"

„Natürlich! Gleich werden wir die Schreie der Eingeschlossenen hören und ihre Gesichter sehen, die uns…"

„Hör´ auf, Andreas!" sagte Nicole, „du machst ihr nur noch mehr Angst!"

Susanne hatte sich eng an Nicole gepreßt und ihren Körper durchlief ein leichtes Zittern.

„Das war doch nur ein Scherz!" sagte Andreas, „wahrscheinlich sind wir nur an der falschen Stelle, wir müssen uns trennen und das Ding einmal umrunden."

„Das ist eine gute Idee", pflichtete ihm Thomas

anerkennend bei, „ich schlage vor, Nicole und ich gehen links rum und Susanne und du in die andere Richtung. Wir treffen uns dann auf der anderen Seite wieder in…", Thomas schaute auf seine Uhr, „sagen wir einer halben Stunde?"

„Können wir nicht alle zusammen gehen?"

„Susanne, ich bin bei dir und werde dich bestimmt keine Sekunde aus den Augen lassen!" Andreas Worte klangen gut, aber hatten Susanne nicht überzeugt. „Versprochen!" fügte er hinzu und hielt ihr seine rechte Hand hin.

„Versprochen", sagte sie und schlug ein.

„Nachdem das nun geklärt ist", Thomas sah die anderen an: „An die Arbeit!"

„Hast du das gehört, Andreas", sagte Susanne zitternd, „was war das eben?"

„Ein Vogel, Susanne, das war ein Vogel."

„Bist du da ganz sicher?"

„Ja", sagte Andreas um Susanne zu beruhigen, obwohl er auch nicht wußte, was das Geräusch von eben verursacht hatte. „Komm weiter."

Susanne folgte Andreas mit so großem Abstand, daß er ihre Brust in seinem Rücken spüren konnte. Nach einigen Metern blieb er plötzlich stehen.

„Was ist?" wollte Susanne wissen.

„Da, schau, da ist ein Fenster!" er zeigte auf ein etwa ein Mal ein Meter großes Fenster, das sich in Brusthöhe in der Außenmauer abzeichnete. „Schauen wir mal nach."

„Warte auf mich!"

„Ich habe mich ja noch gar nicht bewegt, Susanne!" Andreas sah sie genervt an und ging dann die paar Schritte bis zu dem Fenster. „Wie vernagelt!" sagte er, „das gibt keinen Millimeter nach und das Glas scheint auch ziemlich dick zu sein. Also, weiter."

„Konntest du was sehen, ich meine, drinnen?"

„Nichts, alles dunkel", sagte Andreas und setzte seinen Weg fort. Susanne folgte ihm im gleichen Abstand wie vorher.

„Susanne…"

„Ja, was ist?"

„Nicht ganz so nah, bitte, ich bekomme ja keine Luft mehr!"

„Oh, entschuldige, natürlich." Susanne blieb ein kleines Stück zurück. Beide gingen jetzt fast direkt an der Wand des Hauses entlang. Vor ihnen knickte die Wand scharf nach rechts ab, um einige Meter weiter wieder nach links zu führen.

Andreas war bereits um die Ecke, als Susanne über eine Wurzel stolperte und sich beim Versuch einen Sturz zu verhindern mit der Hand an einem Baum festhielt.

„Au!" Susanne zog ihre Hand von dem Stamm zurück und betrachtete die Innenfläche: „Mist! Was ist das denn?" Aus der Handfläche ragte ein mehrere Zentimeter langer Stachel. Sie schaute sich um: In der Wand des Hauses entdeckte sie eine kleine Nische, breit genug, um sich zu setzen. „So, raus mit dir", sagte sie und zog an dem Eindringling, „geschafft!" Susanne atmete tief durch und lehnte sich an die Hauswand. „Ah!" sie schrie kurz auf, dann war sie verschwunden.

Francesco überlegte, wie er sich weiter verhalten sollte. Eigentlich war er mit José verabredet in einer guten Stunde. Ein Toter Bernardo ließ allerdings einigen Ärger erwarten, dem er sich nicht aussetzen wollte. Francesco setzte sich auf einen großen

Holzklotz und versuchte, seine Gedanken zu ordnen. Weiter oben schien es Unruhe im Gang zum Keller zu geben: er hörte Stimmen, konnte aber nicht verstehen, was sie sagten. Er erhob sich und trat vorsichtig auf den Gang, als er hinter sich ein lautes Poltern hörte. Francesco fuhr herum und sah einen Gegenstand von oben auf Bernardo fallen.

Susanne rutschte auf einer Schräge rücklings einige Meter in die Tiefe. Ihr Fall wurde durch etwas Weiches gebremst.

„Warum ich? Ich wollte nicht in dieses verdammte Haus, ich nicht!" Ihre Hände tasteten die Umgebung um sie herum ab und versuchten, ihre Brille zu finden.

Langsam gewöhnten sich die Augen an die Dunkelheit und sie nahm schemenhafte Umrisse wahr.

„Da bist du ja", sagte sie, setzte die Brille auf und erstarrte: Das, was ihren Fall gebremst hatte war ein menschlicher Körper. Susanne stand auf und der erste Ton eines langen und sehr lauten Schreies entfuhr ihrer Kehle.

Alle weiteren Töne wurden durch eine Hand erstickt, die sich von hinten fest um ihren Mund legte.

„Ruhig, kleine Señorita, ruhig, dann wird dir nichts passieren!"

Susanne versuchte vergeblich, die Hand von ihrem Mund abzuschütteln. In ihrer Not riß sie ruckartig ihren Kopf nach vorne und streckte gleichzeitig mit voller Kraft ihren Unterkörper nach hinten. Sie hatte Erfolg: die Hand verschwand von ihrem Mund und sie hörte einen heiseren Aufschrei von der Person hinter ihr.

„Geschafft", dachte sie und begann zu schreien.

„Du hast es nicht anders gewollt", hörte Susanne die Stimme von eben sagen ohne den Sinn der Worte zu erfassen, dann wurde es dunkel um sie herum.

„Hast du das eben gehört?" Nicole stand regungslos da und schien auf etwas zu warten. „Da! Schon wieder!"

„Was gehört?" wollte Thomas wissen, der ein kleines Stück hinter Nicole damit beschäftigt war, irgendwelche Blüten an einem merkwürdig aussehenden Strauch zu untersuchen: „Da war nichts, das sind die Bienen, die summen so laut!"

„Bienen! Das klang so wie Schüsse", sagte Nicole trotzig.

„Wer sollte denn hier schießen? Und worauf? Hier gibt es außer uns nichts, das größer ist als ein Schmetterling!"

„Du machst dich lustig über mich. Und es waren doch Schüsse", beharrte Nicole.

„Gut, wenn es dich beruhigt, dann waren es Schüsse. Zufrieden?" er schaute sie an.

„Du nimmst mich nicht ernst!" Nicole stampfte mit den Füßen auf den Boden.

„Natürlich nehme ich dich ernst", sagte Thomas und begann, auf allen Vieren im Gras herum zu kriechen, als wenn er nach etwas sucht.

„Was wird das denn jetzt?"

„Schau, da!" er zeigte auf etwas für Nicole Unsichtbares.

„Wo?" Nicoles Neugier war geweckt.

„Na, da!" Thomas krabbelte ein Stück weiter.

„Ich sehe nichts. Nur Gras."

„Du mußt schon näher herankommen", sagte er und winkte.

„Und?" Nicole stand nun direkt hinter ihm.

„Weiter runter. Hier, vor mir, da!" er deutete auf eine Stelle im Gras, die etwa einen halben Meter entfernt war. Nicole ging in die Hocke und musterte die angegebene Stelle intensiv:

„Ich kann immer noch nichts sehen! Da ist nichts."

„Doch", widersprach Thomas, der inzwischen wieder aufgestanden war, „ich sehe es ganz deutlich: ein ganz seltenes Exemplar. Ich wußte gar nicht, daß es die in diesem Teil der Welt gibt!"

„Wie sieht das Viech denn aus?" sagte Nicole, die inzwischen kniete und die Grasbüschel mit ihren Händen absuchte.

„Also, es trägt einen blauen Rock, ein weißes T-Shirt und arbeitet noch am aufrechten Gang!"

„Du...!" Nicole wollte aufstehen und mit ihren geballten Fäusten auf Thomas losgehen.

„Na, sehr leidenschaftlich jedenfalls, dieses Exemplar!" sagte er und drückte sie sanft auf die Wiese.

Obwohl Francesco sich für sein Alter erstaunlich schnell drehte, als er das Geräusch hinter sich hörte, war es nicht schnell genug: Er spürte den Lauf einer Waffe an seiner Brust.

„Wen haben wir denn da?" Velasquez versuchte, den Unbekannten in dem spärlichen Licht zu identifizieren.

„Francesco", sagte Francesco, „mein Name ist Francesco und mit wem habe ich die Ehre?" Man spürte förmlich das überlegene Grinsen von Velasquez als er sagte:

„Ich glaube kaum, Francesco, daß du in der Lage bist, irgendwelche Fragen zu stellen!"

„Aber vielleicht können Sie mir wenigstens sagen, was nun geschieht?"

„Das wird José entscheiden!"

„José? Doch nicht José la Comedreja?"

„Du kennst José, das Wiesel?"

„Natürlich. Ich bin ein guter Freund von ihm." Der Druck auf Francescos Brust ließ etwas nach:

„Kannst du das beweisen?"

„Ich bin mit ihm verabredet, heute, hier im Haus."

„Und was machst du dann hier unten?" fragte Velasquez argwöhnisch.

„Der da ist schuld, daß ich hier unten bin", Francesco deutete auf Bernardo, „ich verfolge ihn schon den ganzen Tag. Dann ist er in das Haus hier und war auf einmal wie vom Erdboden verschluckt. Ich wollte gerade sehen, was mit ihm passiert ist, da wurde ich gestört." Francesco deutete auf die Waffe, die noch immer auf ihn gerichtet war.

„Was mit dem passiert ist? Das kann ich dir sagen!" Velasquez Stimme schwoll vor Stolz an.

„Wie? Hast du ihn etwa erledigt?"

Velasquez nickte.

„Ganz alleine?"

Er nickte wieder.

„Alle Achtung", sagte Francesco, „du bist ein guter Mann."

Velasquez fühlte sich geschmeichelt und ließ die Waffe sinken. Francesco atmete spürbar erleichtert auf.

„Ich bin Velasquez", sagte er und streckte Francesco die Hand hin.

„Und, was machst du hier unten, Velasquez?"

„Oben ist dicke Luft. José hat mich geschickt, ich suche nach einem anderen Ausgang."

„Da kann ich dir helfen, ich kenne einen. Geh du und hole José, ich kümmere mich inzwischen um den da!" er deutete auf Bernardo. Velasquez zögerte. „Schnell, wir haben keine Zeit zu verlieren!" sagte Francesco eindringlich.

Velasquez verschwand und kehrte einige Minuten später mit José und Silvio zurück. Als José Francesco erkannte, schloß er ihn in die Arme:

„Alter Freund, du bist es wirklich. Schön, dich zu sehen! Wie geht es dir?"

„Später", sagte Francesco, „dafür ist später noch Zeit, jetzt müssen wir hier so schnell wie möglich raus. Sind das alle?"

„Ja."

„Ich zeige euch den Weg. Dann trennen wir uns. Wir dürfen nicht zusammen gesehen werden. Nachdem was hier passiert ist noch weniger als vorher."

José nickte, dann folgte er mit Velasquez und Silvio Francesco.

Am Ende des Ganges zeigte Francesco auf eine kleine Treppe:

„Da geht´s raus. Seid aber vorsichtig."

„Danke, amigo!" sagte José, als er die Treppe erreicht hatte und drehte sich um, um dem Freund zum Abschied die Hand zu schütteln, aber Francesco war schon verschwunden.

„Hier seid ihr!" Nicole und Thomas blickten erschreckt auf. Vor ihnen stand breitbeinig mit in die Hüften gestützten Armen Andreas.

„Äh, ja, wir…" Thomas tastete nach seinem T-Shirt und Nicole zog mit einer Bewegung Rock und T-Shirt an die richtige Stelle.

„Schau **mich** an!" sagte Thomas, „sonst wirst du noch blind!" Andreas lief rot an.

„Wo ist Susanne?" fragte Nicole, die sich sofort wieder im Griff hatte.

„Ja, also, wir sind um das Haus und sie war die ganze Zeit wie eine Klette hinter mir und da habe ich gesagt…" Andreas zögerte.

„Was hast du gesagt und, wo ist sie?" Thomas sah ihn an.

„Daß sie sich nicht so ganz dicht an mich hängen soll und das hat sie auch getan, dachte ich."

„Was heißt jetzt, `dachte ich´?" fragte Nicole.

„Na, als ich mich nach einer Weile, einer ganz kurzen Weile, umgesehen habe… Na ja, weil es so ruhig war hinter mir auf einmal…", Andreas schaute auf seine Schuhe, „da war sie nicht mehr da."

„Wie, nicht mehr da?" Nicole starrte ihn an.

„Weg, sie war einfach weg. Ich bin sofort ein Stück zurück und habe auch gerufen. Wie vom Erdboden verschluckt war sie."

„Und was hast du dann gemacht?" wollte Thomas wissen.

„Ich habe sie gesucht. Überall, wirklich. Aber sie war einfach nicht mehr da. Vielleicht hat sie ja doch das Haus geholt!"

„Andreas! Das glaubst du doch nicht im Ernst?" Thomas sah seinen gegenüber ungläubig an.

„Nein, eher nicht. Aber sie war nirgendwo zu finden und da bin ich zurück in der Hoffnung, daß sie hier bei Euch ist. Ist sie nicht, oder?"

„Nein, ist sie nicht!" Nicole stand vor Andreas und nun hatte sie die Arme in die Hüften gestemmt: „Du verlierst einfach meine Freundin! Wie kann man jemanden einfach verlieren!"

„Beruhige dich, Nicole". Thomas legte ihr von hinten sanft die Hände auf die Schultern.

„Beruhigen? Susanne ist doch kein Buch, das man eben mal verlegt!"

„Ich hab´s doch nicht absichtlich getan."

„Nein, natürlich nicht, das glauben wir doch auch gar nicht, oder?" Thomas übte einen sanften Druck auf Nicoles Schultern aus.

„Nein, tut mir leid, tun wir natürlich nicht. Und, wir haben uns ja auch nicht ganz an unseren Zeitplan gehalten", sagte sie und ihr Gesicht rötete sich merklich.

„Genau!" Andreas spürte Aufwind, „ihr hättet überhaupt schon seit..."

„Nun ist aber gut!" Thomas sah ihn strafend an und Andreas verstummte augenblicklich. „Na, dann wollen wir mal wieder!" sagte Thomas und setzte sich in die Richtung in Bewegung, aus der er und Nicole gekommen waren.

„Wo willst du hin?" wollte Andreas wissen.

„Shoppen gehen!" sagte Thomas, ohne sich umzusehen. Nicole und Andreas folgten ihm und gemeinsam versuchten sie, eine Spur von Susanne zu finden.

„Andreas!" hauchte Susanne mit ihrer verführerischsten Stimme, „ich hätte nicht gedacht, daß du so zärtlich sein kannst!" Sie kostete es aus, wie seine Hände sich über ihren nur von einem Bikini verhüllten Körper bewegten. Die Sonne stand hoch und schickte ihre Strahlen immer wieder durch die sanft im Wind schwingenden Palmwedel. Es war ein herrlicher Platz: Susanne und Andreas lagen an einem weißen Sandstrand, keine zehn Meter vom türkisblauen Meer entfernt, das seine Wellen regelmäßig und ruhig zu ihnen schickte. Die Palmen boten einen guten Schutz vor der Sonne, die vom tiefblauen Himmel brannte.

Susanne war sehr glücklich und rekelte sich

zufrieden. Sie schloß die Augen und genoss die Gegenwart ihres Freundes und die eines kühlen Getränkes.

„Andreas, nein", Susanne schob Andreas zur Seite, „nicht das Gesicht ablecken, du weißt, das mag ich nicht! Hör auf, bitte!"

Sie öffnete ihre Augen. Auf ein lautes „Miau!" folgte ein heiserer Aufschrei. Susannes Oberkörper schnellte nach oben und ihre Hände fuhren an ihren Kopf, der fürchterlich schmerzte.

„Wo, wo bin ich?" sagte sie und sah sich um: da waren keine Palmen und kein Meer und auch kein Andreas. Um sie herum lag alles im Dämmerlicht und sie erkannte die Umrisse einiger Gegenstände, die Regale hätten sein können. Das, worauf sie saß waren keine feinen weißen Sandkörner, sondern einfache Holzscheite. Langsam kehrte ihre Erinnerung zurück und entsetzt sprang sie auf und suchte den Boden ab.

So sehr sie sich auch anstrengte, da war kein lebloser Körper.

„Bin ich jetzt ganz verrückt geworden oder ist das hier gerade ein Alptraum, aus dem ich nur zu erwachen brauche?" Ihr schmerzender Kopf erinnerte sie daran, daß sie sich wahrscheinlich in diesem Moment in der Realität bewegte. Ein sanftes Schnurren ließ sie nach unten schauen und vor ihr saß die Katze, die sie aus ihren Träumen geholt hatte. „Du warst also mein Traummann!" sagte sie und schüttelte sich bei dem Gedanken, daß diese Katze in deren Fell aller Wahrscheinlichkeit nach mehr als ein Untermieter wohnen dürfte, sie die ganze Zeit abgeleckt hatte. „Ja, du bist ein liebes Tier, aber komm mir nicht zu nahe, ja?" Die Katze zeigte sich völlig unbeeindruckt von Susannes Worten und strich weiter schnurrend um ihre Beine. „Na gut, ich nenne dich Andreas und jetzt werden wir zusammen versuchen, einen Ausgang zu finden." Susanne sah Andreas an: „Du kennst nicht zufällig einen? Nein? Dachte ich´s mir doch." Sie sah die Katze an, die vor ihr saß und sie mit großen Augen anstarrte: „Du bist mir wirklich eine große Hilfe!"

Susanne begann, sich vorsichtig durch den Raum zu bewegen auf der Suche nach einer Tür oder sonst irgendeiner Öffnung, die sie hinaus aus diesem nicht sehr einladenden Verlies führen konnte.

„**J**etzt suchen wir schon eine halbe Ewigkeit, es wird bald dunkel. Allmählich glaube ich wirklich, daß ihr etwas passiert ist!" Andreas ließ den Kopf hängen und lehnte sich gegen die Hauswand hinter ihm.

„Vielleicht ist sie auch einfach nach Hause!" sagte Nicole, „die ganze Sache war ihr doch von Anfang an nicht ganz geheuer. Und der Gedanke, in das Haus zu müssen…"

„Genau! Das ist es!" Andreas strahlte, „natürlich, sie ist zurück und wartet da auf uns. Wahrscheinlich hat sie inzwischen zwei oder drei von Annas kleinen Kuchen verdrückt und wird sich schrecklich über uns amüsieren."

„Meint ihr wirklich?" In Thomas Stimme lag Skepsis, aber er hatte auch keine bessere Idee.

„Dann lasst uns doch gehen und schauen, ob die ganze Aufregung nicht umsonst gewesen ist!" schlug Andreas vor.

„Und, wenn sie nicht da ist? Was dann? Was machen wir dann?"

„Thomas, mußt du alles gleich so schwarz sehen!" Andreas sah ihn verärgert an.

„Nicht schwarz, realistisch! Was sagst du dazu", er

sah Nicole an, „du kennst sie am Besten von uns!"

„Tja…", sagte Nicole, setzte sich und nahm eine ihrer Lieblingsstellungen der letzten Tage ein: die Ellenbogen auf die Knie gestützt legte sie den Kopf in ihre Handflächen und schaute vor sich hin. Thomas und Andreas standen schweigend nebeneinander.

„Also", begann Nicole nach einer ganzen Weile, „ich weiß es auch nicht…"

„Und dazu hast du nun so lange gebraucht!" sagte Andreas gereizt.

„Nun lass sie doch erstmal ausreden, bevor du hier rummeckerst!"

„Danke, Thomas. Also: Einerseits, es passt zu ihr, daß sie nach Hause gegangen ist…"

„Na also!"

„Andreas!"

„Entschuldigung."

„Aber andererseits, je länger ich darüber nachdenke, desto weniger bin ich von meiner eigenen Idee überzeugt: Susanne ist die Zuverlässigkeit in Person, sie würde nicht einfach so verschwinden ohne einen wichtigen Grund. Sie hätte zumindest versucht, einem von uns Bescheid zu geben!"

Nicole schwieg und auch Andreas und Thomas wußten nicht, was sie noch sagen sollten. Susanne war verschwunden und allen war klar, daß der Strohhalm, sie bei Don Alfredo anzutreffen, kein Strohhalm war. Der Tag ging zu Ende und im Dunkeln brachte eine weitere Suche nicht viel.

„Wir müssen zur Polizei! Natürlich, daran hätten wir auch gleich denken können!" Andreas wirkte sichtlich erleichtert.

Thomas teilte diese Erleichterung nicht: „Und was sagen wir der Polizei: Entschuldigung, wir haben da mal eben unsere Freundin verloren an einem Ort, an dem wir nicht hätten sein dürfen und wir waren da aus Gründen, die wir auf keinen Fall erklären wollen? Klingt unwahrscheinlich überzeugend, oder?"

„Stimmt", Nicole stand auf und legte die Arme um seinen Hals, „ich schlage vor, wir gehen nach Hause. Vielleicht ist sie ja wirklich bei Don Alfredo."

Ende des 2. Teils

Was wird aus Susanne: Wird sie einen Weg aus dem Sternenhaus finden?

Werden Thomas, Andreas und Nicole ihre Freundin unversehrt wiederfinden? Wird es ihnen gelingen, in das Sternenhaus zu gelangen? Was werden sie dort vorfinden?

Wird José seinen Plan verwirklichen können und die Stelle von Don Martinez einnehmen oder kann dieser dies doch noch verhindern?

Wird Don Francesco seine wahre Rolle in dem Spiel vor José weiterhin geheim halten können?

Wird Conchita ihr Leben und das ihrer Kinder retten können? Was haben Don Alfredo und Don Francesco mit ihr und unseren Freunden vor?

Viele Fragen bleiben. Die Antworten darauf erfahren wir im dritten und letzten Teil von „Eine Woche und sieben Tage":
In **„Der Kreis schließt sich"** werden unsere Freunde vor neue Herausforderungen gestellt und es wird einige überraschende Wendungen geben…

Vom Autor bisher erschienen:

Eine Woche und sieben Tage - Auf dem Weg ins Abenteuer - Teil 1 der Trilogie
Abenteuerroman, 136 Seiten, Paperback
Herstellung und Vertrieb: Books on Demand GmbH, Norderstedt,
ISBN 978384 4800685

Eine Woche und sieben Tage - Der Weg zum Sternenhaus - Teil 2 der Trilogie
Abenteuerroman, 140 Seiten, Paperback
Herstellung und Vertrieb: Books on Demand GmbH, Norderstedt,
ISBN 978384 4806601

Eine Woche und sieben Tage - Der Kreis schließt sich - Teil 3 der Trilogie
Abenteuerroman, 156 Seiten, Paperback
Herstellung und Vertrieb: Books on Demand GmbH, Norderstedt,
ISBN 978384 4809602

Eine Woche und sieben Tage
Gesamtausgabe der Trilogie
Abenteuerroman, 260 Seiten, Paperback
Herstellung und Vertrieb: Books on Demand GmbH, Norderstedt,
ISBN 978383 7034967

Der dunkle Tag
Roman, 144 Seiten, Paperback
Herstellung und Vertrieb: Books on Demand GmbH, Norderstedt,
ISBN 978384 4800234

Herr Kues
Roman, 140 Seiten, Paperback
Herstellung und Vertrieb: Books on Demand GmbH, Norderstedt,
ISBN 978383 9111765

Und dann kam Pit
Roman, 164 Seiten, Paperback
Herstellung und Vertrieb: Books on Demand GmbH,
Norderstedt, ISBN 978384 4813470